乡履拾韵

尹振亮 著

民主与建设出版社
·北京·

序

我用痛苦、辛苦和艰苦，雕塑自我，

用情感、情爱和情怀，传承历史。

人生之路，且长且短，光环并非与

生俱来，一枝一叶里都藏着故事！

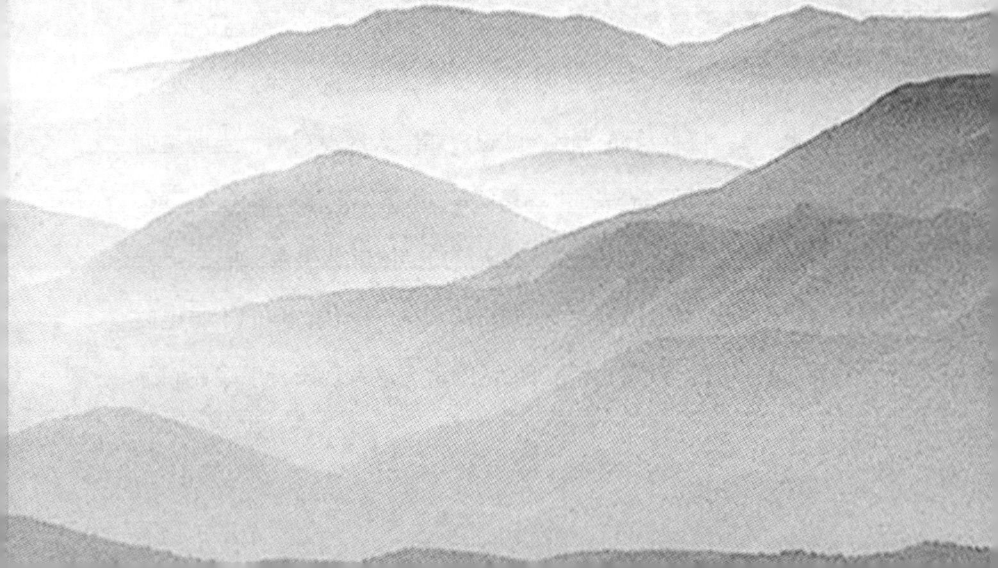

长草的故事

ZHANG CAO DE GUSHI

不知道现在的年轻人还翻阅这样的文字吗？但同时代的人会关注，无论时间怎么流走，记忆在某一人、某一事上会凝固，会定格。振亮很珍惜这些旧事，他用文字记录点点滴滴。他在家庭遭受巨大变故，自己又横遭不幸的情况下，仍然把撒落于满地的豆瓜蔬果拾掇起来，集纳起厚厚的一册乡村图景。

我之所以说振亮的文字是长草的故事，意在说明振亮的每一段文字，每一个故事，都来源于泥土，是真正带着草香的味道。草，是大地最普通、最常见、最顽强的东西。白居易有诗，离离原上草，一岁一枯荣，野火烧不尽，春风吹又生。如果说大地上有什么生生不息，草，堪称首屈一指。试想，如果大地没有草，土地是何等贫瘠，泥土是何等流失，牛马是何等缺食，山河是何等失色？草，这种司空见惯、毫不起眼、任人践踏的东西，哺育生命，装点春色，是大地不可或缺的连接。当我们赞美大树的时候，我们不妨也抽出一点余情，为小草而赞美。生活中常有这种现象，那些我们须臾不可离开的东西，往往会被我们熟视无睹。水，空气，我们几乎分分秒秒受用，但大多无视它们的存在。所以，人类是多么需要回归常识。

振亮的文字，的确是小草。“没有花香，没有树高，我是一棵无人知道的小草”，歌唱的正是这种现象。振亮的经历很简单：十二年军旅生活，与大海为伴能文能武；到地方后，扎根自己的家乡郴州嘉禾。二十多年来，一直默默从事基层思想宣传工作，除新闻主业之外，尤喜文学。

振亮是有追求的人，这种追求不是仕途，以他的性格、为人，不可能在仕途上走得更远。他曾在长篇小说《乡官》中，反映基层乡官种种难与苦，他一面讴歌，一面鼓呼，何尝不是借他人之酒，浇自己心中块垒。以我对他的了解，他有些木讷，有点拘谨，不跑不闹不送，否则，怎么会二十多年职务始终原地踏步？尽管他目前是郴州市唯一获中国新闻奖（报刊类）者，又能怎样呢？他的追求，更多是文字的东西，他像收集文物一样，收集自己那些草根的文字。这些文字，在某些人看来，有些不合时宜，但只要认真读这些文字，有经历的人会获得共鸣，那些人事萦绕你的心头，勾起往事，联想人生，回味生活；而没有这种生活经历的人，则可以了解未知世界，对那些美好、善良的人给予敬重，对那些有益有趣的事予以铭记。人有时需要回头，追溯、审视来路。

我之所以赞赏振亮这些文字，是因为它们小到像小草一样，气势不大，格局不大，事件不大，人物不大，但它们把小人物的悲欢、苦乐，真实展现在我们面前，让你几乎可以听到他们的呼吸，触摸到他们的体温。那“乡村脸谱”中武威大叔的博古通今、斗笠女的心灵手巧、满花婶的事事神通，都活活泼泼出现在你眼前。

那些浸含辛酸“不想见到雪”，那些神秘而又挥之不去的“田埂的声音”，那些饱蘸乡音乡情乡韵的“古墟密话”，那些叮叮咚咚、火花飞溅的“花溪河畔的铁铺”，亲切而温暖，立马将你拖回到旧日时光。

这是一种带温度、有维度的文字，自然比那些无病呻吟、伪情造作的文字好百倍。最近有文学界的朋友对我说，他越老越加对那些渺远的文字反感，凡不食人间烟火、动辄形而上的文字，大多是缺乏生活、从书斋出发、已经死了的文字，表面看丽辞华句，实则是寻章索句的穷途末路。

质语不虚，朴实而内蕴质感的语言，有更多真实的成分。夸夸其谈者，往往是言而不实，表里不一，生活中这类例子太多。振亮的文字与这样的文字相比，优劣不言自明。哪怕是一叶小草，它生长于真实的大地，它摇曳生姿，鲜活可爱。关于作品，读者是可以在慢慢的阅读中品出滋味，我只是谈一点总体印象，以表达我对振亮作品的推崇与赞赏。

梁瑞郴

（湖南省作家协会名誉主席、湖南省散文学会会长）

2020 年 6 月于长沙

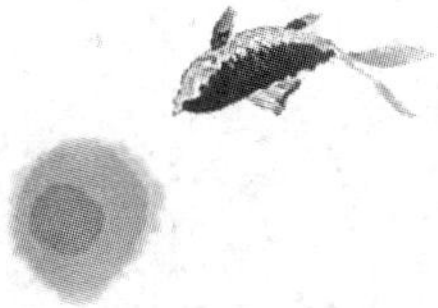

目录

斗糍粑

山村脸谱

“城里人套路深，山里人故事真。”老屋隔壁的满娘和村里的好多老人都说过这句话。

满娘命大，生养了“三条枪”，个个雄得响叮当。老大在镇上办公司当老板；老二跟随市委大领导，文章写得一大筐；老三听说在深圳华为公司搞科研，纸（钞）票多得像菜秧。孩子们要她进城享福，她总是撇下那句话：腰骨坐不住，嘴巴蒙得难，还冇得坐在村里的井边扯淡爽，死活就是不肯进城去，恐怕在抬头跌帽的高楼底下砸伤了手和脚。

行走在湘南，虽少有黔贵川的奇山丽水，但我老家人，群居在山窝、山坳和田野间的独特生活方式，给人留下了许多鲜活的记忆，一张张灿若山花的脸谱像春天的桃花、秋季的茶花，绽放在村前屋后。

半边胡

俗话说，大千世界，无奇不有。在我的老家就有一位被村民戏称为“半边胡”的汉子。“半边胡”的嘴唇上，不像别人，要么满脸络腮胡，要么整齐地贴在上唇，而他，一边长得像枞树林，青须微翘；一边长得像沙漠里的植物，“星星点灯”。他“半边胡”的雅称，因此而得名。

“半边胡”名叫武威，我一直叫他武威大叔。他的身膀长得似村口的松柏，直溜溜的，讲起话来有点沙哑，像中央电视台的某位主持人。武威大叔虽然没读过几年书，但他讲话很有条理，天生有种当领导的范儿，且满口的“之乎者也”。

在 20 世纪六七十年代，我那山村老家，除了过年过节能看上几场电影、戏曲、话剧外，村民一年到头，就是坐在村中的井水边，聚集一坨，扯家长里短，聊风花雪月。

记得是在一个夜空晴朗的盛夏晚上，村支书和武威大叔早早地来到井水边。武威大叔穿着一件白色背心、一条草绿色的肥大短裤，手里拿着一沓报纸，眼睛不停地在扫视着前来井水边的社员。等村里的社员围聚得有一定数量了，村支书则站上一块高突的石头，扯开喉咙向大家介绍说：“来，来来，各位社员同志们，今天跟大家宣布一件事，按照人民公社领导的要求，从今天晚上起，武威同志就是大家夜校的教员，由他教大家识字、学文化，大家吃了晚饭后，就到井水边上来，大队部也不再另外发通知了。听清楚了没有？”

那夜之后，武威大叔就真的像木板上钉钉，不管刮风下雨，不管夜幕漆黑，他都早早地来到井水边，或拿几张报纸，或拽几本教科书籍，很耐烦地教社员识字、学习。武威大叔当教员，不像正儿八经的学校老师，他只要嘴巴皮一嘶，“半边胡”一翘，就会把那些陈年老酒般的“野史”“野味”的生活故事喷出来，把社员们的胃口吊得像现在的吊灯一样，一闪一闪的。特别是讲历史故事时，武威大叔浑身扭动，歪头摆脑，口沫在空中飞，手脚在人前舞动 。

武威大叔讲匡衡凿壁借光的故事时，他的声音压得低低的，就像他身后的井水，汩汩而来：西汉时期，有一个特别有学问的人，叫匡衡，他小的时候，家里穷得叮当响，为了读书，他偷偷凿穿了邻居家的墙壁，借着从隔壁射进来的一束烛光，天天捧着书读呀读，后来，感动了邻居，在大家的帮助下，小匡衡学有所成。在汉元帝的时候，由大司马、车骑将军史高推荐，匡衡被封为郎中，迁博士……武威大叔说着低下头去，捧着一位与我同龄的小朋友的脸，怪腔怪调地说：“记得哦，作神读书，以后当大官，做大事去。”逗得围观群众哈哈大笑。

久而久之，武威大叔在村中井水边讲故事成了一种常态，村民每晚都会像学生上课一样，或背条竹椅，或拿张方凳，提前来到井水边等候。若是大夏天，有些男人家干脆就脱下身上的麻拐仔汗衫，垫到地上，盘起腿坐着，悠游自在地听着武威大叔讲故事，或者“吹牛皮”。

记忆中，武威大叔讲过南宋军事家、民族英雄岳飞精忠报国的传奇故事。那天，他和往常一样，嘴巴皮一瞅，伸手用大拇指和食指捏着胡须捋了捋，随即便学着老家的湘昆剧唱词，叫起来：岳飞呀，生逢乱世，自幼家贫，在乡邻的资助下，拜陕西名师周桐习武学艺，其间，目睹山河破碎，百姓流离失所，萌发了学艺报国的志向，克服了骄傲自满的情绪。寒暑冬夏，苦练不辍，在名师周桐的悉心指导下，他终于练成了岳家枪等一身好武艺，并率领王贵、汤显等伙伴，加入了抗金救国的爱国洪流之中。1126年，金兵大举入侵中原，岳飞主动请缨参战。传说在岳飞投入战斗之前，姚太夫人把岳飞叫到跟前，说：“现在国难当头，你有什么打算？”“到前线杀敌，精忠报国！”岳飞坚定地说。姚太夫人听了儿子的回答，十分满意，“精忠报国”正是母亲对儿子的希望。于是，她决定把这四个字刺在儿子的背上，让他永远铭记在心。岳飞解开上衣，露出瘦瘦的脊背，请母亲下针。姚太夫人问：“孩子，针刺是很痛的，你怕吗？”岳飞说：“母亲，小小钢针算不了什么，如果连针都怕，怎么去前线打仗？”姚太夫人含着泪，先在岳飞背上写了字，然后用绣花针刺了起来。刺完之后，岳母又涂上醋墨。

从此，“精忠报国”四个字就永不褪色地留在了岳飞的后背上……说到这，武威大叔竟像一位老父亲痛失了孩子一样流出了眼泪，鼻子酸溜起来。场下的群众也都瞪大眼睛，吼起来：“好，讲得好，讲得好！”掌声响起一片。

除了讲故事、讲历史、讲传奇人物外，“半边胡”武威大叔有时也调换“口味”，给我们讲些滑稽好笑的段子、野史、人文之类的，令人啼笑皆非。

记得有一天在讲“王八蛋”这一俗语时，他故意拉长脸，手指着跟前的人群说：“谁愿意当‘王八蛋’？你、你，还有你？”大家见他的手指指过来，都像见到“瘟神”一样地躲闪逃避。这时，“半边胡”大叔“嗯嗯”地干咳几声，手捋一把嘴唇上的胡子，很正经地讲给大家听：“王八蛋”其实是个褒义词，它的原意是“忘八端”，叫忘记八端。古代时，“八端”是指“孝、悌、忠、信、礼、义、廉、耻”，是我们中国封建社会时受表彰的八种德行。听他这么一说，大家又围拢过来，侧着耳朵听他讲。见人群又围拢过来，他习惯性地又捋了下“半边胡”，再干咳几声，接着说：这八端指的是做人的根本，忘记了这“八端”也就是忘了基本的做人准则。可是后来以讹传讹，变成了“王——八——蛋”。说到此处，他给村民做起鬼脸，逗得群众前俯后仰。我们一群懵懵懂懂的小孩子，听到大人们都在笑，也放开喉咙，“你是‘王八蛋’，你是‘王八蛋’”地叫嚣起来。

那些年里，“半边胡”武威大叔在村民眼里，不仅是开心果，而且，他的才智大家也都十分佩服。他没读过几年书，却能活灵活现地讲述刘伯温神机妙算，上下五百年；张飞天不怕地不怕，就怕见“病”字；秦始皇完成千古霸业，一统六国等故事。他能解答一个耳朵大，一个耳朵小——猪狗养的；蝙蝠身上插鸡毛——你算什么鸟；武大郎上墙头——上得去，下不来；土地庙里的菩萨——没有见过大香火等俗语的本意和寓意。

三十年前，自“半边胡”武威大叔去北京他儿子处享清福后，村子中央的井水边就再没见到那位嘴唇一噘，手捋一把胡须，开口就能给村民说书讲故事的大叔了，但他那一口“老公鸭”的声音和一副独特的“半边胡”，留在村里人心底怎么也抹不掉。

斗笠女

斗笠女，小名满绣，八旬有三，独自一人住在村东门的一间木楼上。木楼虽没有龙盘凤舞、飞禽走兽等典雅装饰，但屋顶青瓦上的苔藓却在向天空昭示着什么。木楼的门梁、门廊上挂着几顶泛黄的、大小不一的斗笠，还有几串金黄的玉米棒。“斗笠女”满绣阿婆，时而倚门抬手眺望，时而坐在一把竹椅上，勾着头，对着太阳沉睡。身边伏地的小黄狗，就是她终日的伙伴。

满绣阿婆不到十八岁就嫁到了我们村。年轻时，她属让周边十里村庄的后生仔追断腿的靓妹子，当时嫁到剑尊大爷家，或许是因为剑尊大爷家拳头多、田土多、有房住的缘故。

新婚后，满绣阿婆和剑尊大爷成了村里村外的“形象大使”。可时隔五年，在一个电闪雷鸣的日子，剑尊大爷被一群穿军装、带驳壳枪的人捆绑着抓走了。离开木楼时，大爷呼喊着满绣阿婆的名字说：“满绣啊，你把儿子带好，我不要多久就会回来的……”声音悠长，久久回荡在木楼的上空。

剑尊大爷走后，没了音信，满绣阿婆整天数星星，望月亮，等啊、盼啊，盼呀、等呀，心里只装着丈夫剑尊那句“你把儿子带好，我不要多久就会回来”的话语。

满绣阿婆的手上绝活不少，最牛的数她破篾织斗笠的功夫。满绣阿婆出身篾匠世家，从小就跟着爸妈学会了一门破篾的巧手艺。听说有一年公社举办民间工艺比赛，她凭借手上功夫，力拔群雄，一举夺冠，在周边出尽了风头。

一根竹子握在满绣阿婆的手上，就像一根白萝卜，只要她的篾刀一推过去，就会像铁刨铲刨萝卜丝那样，竹片一根根“嗤嗤嗤”地拱出来。一片一公分左右厚的竹块，经过她的手一推，就可以削出三层厚度相宜，宽窄相等的篾片来。村民茶余饭后，都喜欢来她家门口看她刨竹篾，大家觉得是在欣赏一种艺术表演。织斗笠就像纳鞋底，功夫在手上。一百六十八根篾片必须像蜘蛛织网那样，一空不能少，每格要匀称，走向要清晰。别人一天织不了两顶斗笠，满绣阿婆却能编织三四顶，且质量上乘，不怕人挑剔。

编织斗笠，用材很有讲究，竹子最表面一层叫头皮篾，中间一层叫二层篾，最里面一层叫底层篾，头皮篾织出的斗笠透亮、清泽，有柔劲，最耐用。底层篾织出的斗笠，浸水后容易发霉变黑，既不好看也不硬扎，容易被腐蚀。满绣阿婆自剑尊大爷失联后，一直就靠着编织斗笠赚钱，养孩子过日子。她编织的斗笠篾片每条的长短、宽窄基本一致，斗笠边缘捆绑扎实。每次到墟上去售卖，都不用撕开喉咙吹嘘喊客，只要放在地摊上，她往边上一站，就似坨磁铁把客人吸引过来了。

满绣阿婆卖斗笠，还可根据个人的使用习惯和身材大小进行设计与预订，且凡是预订的斗笠，她都采用头皮篾来编织，中间使用的斗笠叶，也是选用较宽长、无斑印、无漏孔的。阿婆斗大的字不识几个，但为了防止有人欺骗她，在预订的斗笠上，她都会用小篾片编织一个只有她自己懂意思的符号镶在斗笠顶的内垣上，免得别个巧她、蒙她。按照满绣阿婆的说法："预订斗笠，就是预订信用，质量必须得保证。"

村后的草木一茬接一茬地轮回生长，"斗笠女"满绣变成了"斗笠娘"。尽管她的眼泪水灌满了村口的花溪河，她等待的剑尊大爷却始终没能出现在她眼前。一些好心的亲戚朋友见她日子过得清苦、孤单，跑去帮她"牵线搭桥"。她顺意时，会笑着给你筛杯茶，唠嗑几句，告诉你，她一定要等着剑尊大爷回来。不顺意

编斗笠

时，她就会黑脸起乌云，拿根竹竿把你赶出木门槛。改革开放后，田土责任承包到户，满绣阿婆家缺劳力，隔壁村一位勤劳憨实的中年汉子想跟她结为夫妻，经常跑去她家帮忙耕地、莳田、除草、收割、挑煤、卖斗笠等，平常出出进进，酷似一家人，可她就是不接受别人的殷勤，嘴里常念叨着剑尊大爷那句“你把儿子带好，我不要多久就会回来的”。在她心中，有一个信念，等着，等着他回来……

到了雨天或夜晚，阿婆觉得日子难挨，便呼叫左邻右舍的阿哥阿婆来自家闲扯闲聊，或哼唱《下洛阳》《秦香莲》《满姑春碓》之类的湘昆小调；或清唱老家《十八女嫁三岁男》《骂媒婆》《娘喊女回》之类的伴嫁歌曲。每次喉咙一打开，满绣阿婆全身就来了神气，麻利地找出斗笠、锅盆、烟斗等器品当道具，到鼎锅下去抠一把黑锅煤，打花脸，逗得大伙捧着肚皮大笑。村里的歌头多，大家都肯放开喉咙，一曲接一曲地唱个没完。满绣阿婆人长得靓，歌也唱得好，只是唱到动情处，她有时会呼天唤地，眼泪吧嗒吧嗒地摔落下来，令大伙都跟着她落泪、心疚。

骂媒

满绣阿婆人勤快，又好客，每次去她家娱乐，她都会备些坛子菜、花生米、红薯干、葵花子等零食，好像不要钱买，一大碗一大盘地端出来，嘴里还一个劲儿地催喊着大伙多吃点，不要客气。

见她妇道人家一个，有些心怀诡异的汉子想在满绣阿婆身上打主意、揩“油水”。听村里人说，她每次都是拽着把篾刀，把那些歪心男人赶得满街跑。久而久之，那些有“野心”的男人都断了念头，不敢再涉足满绣阿婆的木门槛。剑尊大爷到底去了哪里呢？有人说他在台湾那边做了大官，早就成家立业了；有人说他在一次战役中去堵了枪眼；也有人说他……这些，满绣阿婆都不信。

岁月似刀，既催白了满绣阿婆的乌发，又把她那张山花般灿烂的脸蛋雕琢成了枞树牯般的脸庞，但镌刻在她心底的思念却终生不老，犹如村后山林里的劲松，擎着天，扎住地。老阿婆一手拉扯长大的儿子如今在北方某部队当了大官，儿媳妇带着孩子几次回来要接她去城市生活，颐养天年。斗笠女满绣阿婆却似懂非懂，口里反复念叨着那句话：“满绣啊，你把儿子带好，我不要多久就会回来的……不要多久，你爸就会回来的，我要等着，一定要在家等着。”

日出日落，斗笠女满绣阿婆，仍旧坐在木屋门槛前，手扶着一顶斗笠，仰着头，叹着气，望着小燕子一批批地从眼前掠过。

矮婆崽

我的家乡有首伴嫁歌叫《鸡婆崽，矮婆娑》，歌词是："鸡婆崽，矮婆娑，三岁女儿会唱歌，不是娘爷教会的，而是女儿肚里歌几箩。"与我家老屋隔开一堵墙的满花婶，却被村民戏称为"矮婆崽"。她身高不到一米五，经常穿着件蓝色或黑色的大襟衣，手脚麻利，整天像老辈人织布机上的梭子，穿梭在村前村后。一双透彻的眼睛就似现在我们工作用的扫描仪，她一扫，就会对你有几分的猜测，村民说她的眼睛"好屌、好毒"，但都不是贬低她，而是钦佩她。

俗话讲，"蛇有蛇路，鳖有鳖路"。人生存在田土之上，就自然会端起饭碗。矮婆崽满花婶个头矮小，脑瓜子活，一辈子虽没到过县城，但在村庄周边十多华里的百姓口中，算是个有名有姓的人物。

满花婶头发稀疏，前额上一辈子都戴着一只镂刻有王母娘娘、观音菩萨、八仙女等人物图案之类的头箍。头箍是用银子做的，据说是她奶奶赠送给她的嫁妆。头箍的两侧已被捏戳得铮亮发光，让人感受到了一种历史的久远。到了寒冬季节，头箍戴在头上不舒服，她就会换一张黑色的防风帕捆在前额上。按她的话说，这是保护天门。

矮婆崽满花婶生过七个孩子，养活了五个，五个都有出息，有在单位管公章的，有在外地开吊车办企业的，最后一个满仔，她死活要留到自己身边，让自己老了有个依靠。村里人都记得，满花婶在拉扯儿女成长成才时，也是够霸蛮的。有一年过中秋节的前一天，家里还没有砍猪肉、买豆腐的钱，怎么办？她抓头抓脑，最后把自家的蚊帐剪了，找来竹片，做成四个用竹竿吊起的简易渔网，并趁着夜幕，披着月光，一个人悄悄蹲守在村口的花溪河边，整个晚上重复着撒网、放料、起网、捞鱼等动作。次日一早，再背着收获的鱼、虾，麻利地赶到圩场上去卖了，给家里人砍回猪肉，买起豆腐，过了一个快乐的中秋佳节。

那年，她三儿子考上了师专，临近开学了，学费还没凑够，她急得直跳。当得知镇上有几个药店收购金樱子，她如鱼得水，每天早晚跑到山上去剪金樱子，上午和下午照常参加生产队的出工做事。金樱子树枝和金樱子身上都长有荆棘，稍不注意，就会把手刺破划伤。在剪摘金樱子的那些时间，满花婶的手指、手背上被划得像张地图，横七竖八，红一块紫一块的。村里人看着心疼，常常劝她不要太霸蛮，身体要紧。而满花婶，仍是早出晚归的，不信邪，不怕鬼，真有种天塌下来，我一个人独自撑着的风范。

“苍天饿不死天下麻雀，人生从来不是靠泪水博得别人的同情”这话，满花婶特信。

到了衣食无忧、头发染霜的中年时光，满花婶又神不知鬼不觉地干起了新的行当。东溪村过了老大人，需要人去“洁身”，主人找上门来，她便立马丢下手中的活计、饭碗，跟着赶过去。

给老大人“洁身”，在现在的农村是没多少人愿意干的活计，特别是那些不爱讲卫生的老人，解开衣裤，一股刺鼻的霉酸味简直可以把人冲倒。满花婶不在意，从来没有在逝者面前做出过怪异的举动。事后，有人找她讲：你都儿孙满堂，清福享不完了，就别去揽这些“麻烦事”“不吉利”的事情干了。她听着，笑笑说：“死者为大，帮他们洗身抹澡，让老人家安详、清心地离开人世，这是积德了，人都会老，会死，这事总得有人做。”

到了主人家里，她按照老规矩，先到村子的水井里“买”回一桶水，再拿着一条崭新洁白的毛巾，放进刚从井水里挑回的清水桶中，然后捏着白毛巾的一端，左三圈，右三圈，前三圈，后三圈，“南无阿弥陀佛”地念叨一番，拧得半干后，缚在一只手掌上，另一只手则扶住逝者的身躯，一边帮逝者里外擦洗干净，一边祈祷逝者一路走好，来世多子多福，禄寿天长。令逝者亲人和朋友都甚是感动。

除了敢帮老大人擦洗身子外，矮婆崽满花婶不知什么时候还学会了一手绝活——算卦。要知道，别人一般都是盲人才会算命占卦，可她跟你讲起“天干的甲乙丙丁戊己庚辛壬癸和地支的子丑寅卯辰巳午未申酉戌亥”的内涵和寓意；讲起“金木水火土，五行相生相克”的逻辑关系来，嘴巴就像老家村口的花溪河，滔滔不绝，有板有眼，活灵活现，叫你不得不心服口服。

在平常没事的时候，她还喜欢给人们讲些观音的前身是“慈航道人”，所以将道家、佛家放在一起都可以；财神一般分文、武财神，文是招财神，武是镇宅神，若有需求，就看你个人的意愿。你家有读书人，就求文财神；你家有当兵的，就求武财神，但不能什么都求，贪多求全，于事无补。听者频频点头，竖起大拇指。

遇到谁家的小孩晚上总是闹事、夜哭，人们又自然地想到了满花婶。半夜里，主人都是打着灯笼、火把，拧着手电筒来到满花婶家，接她去给小孩子走胎收经“把把脉”。满花婶见到小孩后，她先会伸开右手指，在关节点上左右掐算一番，然后断然地告诉主人，小孩子是受惊吓走神了，还是身体哪个地方不舒服。若是受惊吓走神了，她就会按男左女右分辨，捏住小孩子的手，在手心上七七四十九圈地轮回念叨一番。据说当天晚上，小孩子就会很安详地一觉睡到大天亮。

“矮婆崽”满花婶老了，不再像以前那样整天穿梭在村前村后，但她的影子，却被岁月拉成了鲜活的记忆，刻进村中铮亮悠长的石板路……

萤火虫的眼睛

入夏，山村的夜晚，风贴在脸上，柔柔的。不像城里的夜风，似打铁铺风箱里鼓出来的，砸在脸上，压抑得很。

我的家乡，潜倚山窝。村口南面，有几块坪，有人叫圭坪，有人叫龟坪，可祖谱上没得记载。坪上有谷场，有学校，有代销店，有医务所，有铺满铁线草、长着红花草的垠坝，有爬满紫藤萝的坡堤。谷场、垠坝、坡堤的交汇处，长着几棵枣树、梨树和石榴树。

孩童时期，圭坪，就是全村人夏夜里的乐园。中老年人，背条书本大的四方小凳，占据一方风口，话麻桑，扯家常；小屁孩子，披着月色，光脚赤膀玩家家，捉迷藏；花季俊男靓女则揣着心事，寻找有萤火虫起舞的禾垛旁，去听蚕语，听蛙鸣，体悟心跳的旋律。

山村的夏夜，一只只的萤火虫总是睁大眼睛，仿若琼妹、玉娥们水灵灵的眼睛，刺透夜幕，游弋在旷野。

圭坪，是老家村民一捆超大的记事本。到了夏季，坪上总是堆满了麦秆和麦穗。那些乳臭未干的孩子常将麦秆堆当堡垒，前后穿梭，左右追逐，把童趣藏匿进麦秆间。芳心初萌的后生仔和小妹子则抢着朦胧月光，或站到麦秆堆前，抽出一把茎粗秆圆的麦秆，折叠、编织出或椭圆，或鼓圆，或锥形，或方形的萤火虫“灯笼”；或背靠着麦秆垛，双手枕着脑壳，仰望夜空，数着星斗，默念心事。某年夏日，有好事者还买来一大盒的月饼，在圭坪上组织了一次萤火虫“灯笼”编织大赛，几十盏灯笼挂在一颗石榴树上，甚是壮观。那场景，几十年过去了，仍历历在目。

山村的萤火虫特有灵性，每次当我和琼妹伸手要去捕捉时，它们就恰似“小精灵”，一会扑闪到我们头顶，一会反窜到我们身后，一会升空，一会俯冲，令琼妹发出阵阵的“咯咯”笑声。

追逐萤火虫的夏季，日子总过得很快。有天夜里，我早早来到坪上的麦秆堆旁，编织了一只椭圆形、巴掌大的“灯笼”，站在老地方，等着那尊熟悉的身影到来。

琼妹终于来了，身后闪着几只晶亮的萤火虫。闻着琼妹身上飘散的香皂味，我把盛满心事的萤火虫灯笼递给她，说：“琼妹，这里面有一十九只萤火虫，好比你一十九岁的年龄，希望你能喜欢。”琼妹没有伸手捧接，而是仰头眺望着夜幕，好久。遥远的月亮无语，我和琼妹无语。一只萤火虫悄悄从灯笼入口处爬出来，眨巴着眼睛，潜入夜色里，闹腾起来。

我家和琼妹家都很穷。那时，村民一年有四次“收拣”，即五月拣麦穗，六七月拣稻穗，中秋过后拣茶籽，霜降过完拣红薯。有次琼妹运气好，到山那边拣了一大箩筐的麦穗，背得衣服湿透，紧贴着胸前背后。我提出帮她背一段路，她羞涩地说：“背竹箩可以，但不许偷看我的身。”我忍俊不禁，抿嘴笑了起来。

那年秋季，琼妹考上大学，我名落孙山。她走后那年的夏夜，真的好长。有时，好想给她写封信，可每次将信装进信封，带到镇上的邮电所，立在投递箱前，心又如乱麻，遂把信纸和信封一起狠心扯碎，撒落一地。琼妹音信全无，山村的夏夜，少了麦秆垛前与萤火虫追逐的嬉戏与笑声。

生活总在苟且中徘徊，道路总是在脚板底下延伸。次年秋冬时节，我帮老爸把家里的两窖红薯挖回来后，揣着老家村口的一抔泥土，带着几多熟悉的身影和声音，去到了椰风吹拂、海鸥盘旋的南疆某军港，让红红的领章映红我开花的年岁。

海风吹，海浪涌。我从东海到南海，从西沙到南沙，从码头到海礁，每当夜幕蒙住海面，望着眼皮底下的星星，我的脑壳里总会“飞”进一只只晶亮的萤火虫，总会想起折叠、编织萤火虫“灯笼”时的快慰……在一次远海训练返回军港的第三天，文书给我送来了一封没有地址的信笺，打开一看，两张洁白的信纸上，粘贴着两只干枯的萤火虫。我合上信纸，心口似被铅噎住，好沉，泪水跳出了眼眶。我，站在军港码头，久久地眺望着故乡的方向。

四年过后，她毕业去了湘西任教，听说是个好偏的旮旯村，并很快在那里成了家。我不敢再去惊扰，只想知道，她是否还带着那只曾经装有一十九只萤火虫的麦秆小灯笼。

十年过后，我带着小燕子从海岛飞回了故土，并在线香盒插满香烛一般的城市楼宇间立下了足。城市的夏夜，找不到流星般的萤火虫，更找不到堆满青春飞绪的麦秆垛。在四季不分的空调房里，我把自己定格成一张张的方格纸和一行行的方块字。一颗跳动的心，却始终在追寻着，追寻着萤火虫飞离的方向。

又是一年夏日，老天爷似乎冲垮了龙王庙，琼妹所在的学校门口成了江河，洪水咆哮。眼看一学生被洪水卷走，琼妹不假思索，蜻蜓点水般奔过去，谁知身后漂来一根木头，把她羸弱的身躯撞倒，让她靓丽的芳姿耸立成了学校门口的一棵翠柏。而人们在帮她整理办公室书柜时，却惊奇地发现，有一只用麦秆编织的灯笼里，垫着一层红丝绸，盛装着一只只完美的萤火虫壳羽……

有人说，看过的风景就不要太留恋，毕竟你不前行，生活还要前行。但记忆的闸门却不那么容易紧锁。今年入夏，有发小邀我一起回老家去度假，说是村口的圭坪上建起了文化活动中心，跟城里差不多。而我却说，村口的圭坪上，没了麦秆垛，没了萤火虫，没了枣树、梨树和石榴树，真的没味，等过完夏天再回去。

纸炮
炸响的年味

“纸炮‘啪啪’响，过年就不远，门前红纸紧（厚），新年好运行。”在我的家乡，一直都流传着这样一句俗语。

纸炮就是鞭炮。家乡人每到过年时节，宁可少添新衣，少喝杯酒，也要图个吉利，搞些响动，多些热闹。于是乎，家家户户都从圩场商店挑回一捆捆、一扎扎的纸炮。

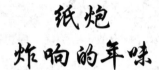

年少时，我家里穷，父亲不到大年三十，绝不会买纸炮回来给我们玩。别人家的小孩过了腊月十五，小口袋里就揣着花花绿绿的小纸炮，拿着一盒火柴，三五成群地在村头嬉戏。年纪小的，他们把纸炮插在路边的烂泥堆上，点燃后把烂泥巴炸成一个“弹坑”，烂泥溅到脸上、身上还哈哈大笑；年纪大点的则把纸炮当作野性玩，把纸炮点燃后或抛到别人头顶，或丢到别人后脚跟，吓得人家心惊胆战。此时此刻，我好羡慕，渴望自己口袋里也能塞满各式各样的小纸炮，开心地玩耍。

在我老家有一条河，名叫花溪河，从东至西扭动着淌来，溪流的两岸有很多的山泉水井，昼夜不停地给溪河灌水，河床时宽时窄，时隐时现潜伏在山谷和田地间。河岸边长着柳树、枫树、斑竹、白杨树、芙蓉花、蒲公英等绿色植物。

在一些河面较宽敞的地方，河里长满了水草，水草中间时常可看到一些游鱼戏水。新故相推，随着河水流淌，我们这些村里娃的胆识也在陡增。每年到了春节前后，便有人邀集几位小伙伴，带上手指粗或镰刀把大小的纸炮，提着铁桶，挂着渔网，叼根香烟，赶到村口的河堤上炸鱼去。用纸炮到河里炸鱼，得有技巧，纸炮点燃后需掐算时机：纸炮塞进水中早了，引条会被水浇灭，成为"哑炮"； 纸炮塞进水中迟了，还在抛物线上就炸开了。只有等纸炮沉入水中一两秒钟再爆炸，才能见河底的鱼儿随着"嘭"的一声巨响，乖乖地浮出水面如同举起白旗"投降"，成为山村百姓欢心过年的下酒菜。

记忆中，有好些年的春节，我们都在重复着这样的故事。

离我家走路不要一根烟久的地方，有两个上千口人的村子，盘踞在花溪河的两岸，一个叫花田村，一个叫与花塘村。据说他们同姓不同宗，都是从外地迁徙而来。从西汉时期开始，两村群众尽管只隔着一条十多米宽的小河，可就像隔着一条银河， 恩恩怨怨的“结巴”始终没能解开，且长时间都是不通婚、不通路、不通商。

岁月轮回，也不知从啥时候起，相隔不到百米的两村村民，每年从大年三十晚上开始，一直到新年初一早晨均要展开一场难分胜负的“纸炮战”。新陈相推，一代传承一代。花田村和花塘村的纸炮战，慢慢地少了些历史恩怨，演变成了一种“斗牛式”消遣竞赛活动。年少时，我们一群群心头冒火的后生仔都会赶到花溪河两岸去看热闹，打呜呼。

那年正月初一，我们几位发小，吃过早饭，便蹦蹦跳跳地赶到花溪河岸。还没走近现场，空气中一股浓郁的硝烟味就扑鼻而来。靠近激战现场，只见穿着一新的花田村和花塘村群众都各自站在河岸上，正在用鞭炮展开“战斗”。男的、女的、老的、少的，都各自提着一袋的纸炮随时准备出击。村民手中的鞭炮种类很多，有三寸长的“豆腐铲”鞭炮，有指头粗一个的“地雷王”甩炮，有一大一小捆绑一起的“鸡婆带仔”花炮，有擎天柱般的“冲天炮”等。鞭炮声刺破天穹，钻进耳孔。飞舞在花田与花塘两村群众间的鞭炮，拖着长长的尾巴，像战场上的炮弹呼啸而去。河岸两边，铺满了一层红毯子似的鞭炮纸。

“战斗”壮观又激烈。村里有些年轻人力气大，经常会瞄准对方的某个人或人群集中的地方发起攻击，但双方自古以来就有不成文的约定，万一炸伤了谁村的人都是各自负责，不报案，不赔偿，反而仰天“哈哈一笑”，庆贺“战斗”有收获。为了多赚取些“战斗”的喜悦，两村的男人们，不管有钱没钱过年，都要事先准备几箩筐的纸炮，似乎不参加“战斗”就不是村里的男子汉，就是孬种，日后就有人在背后戳脊骨，日子就不会好过。

我的姑姑嫁到花田村，观看了“战斗”后，我赶去姑姑家吃午饭，表弟还没进家门，就扯开嗓子叫道：“哎呀，今年我们村的人肯定要发大财啦！花塘村的人，都被我们炸到了好几个，真过瘾。”表弟就像大将军打了胜仗归来，满脸的自豪。“看你那高兴劲儿，要是被别人炸到了怎么办。村里的这些老规矩也该改革了。”姑姑不屑一顾。

去年春节，我又去了当年的花溪河“战场”，河岸两边已护砌成风光带，河上架起了一座古色古香的石拱桥，桥下的河水正舒畅地向西流去。

不想见到雪

又是一场霜雪降落,又是一年春节来临,目睹冰雪如柱的场景,我的心口似插着一把匕首,阵阵剧痛,勾起了我对2008年那场雪的记忆与怀念。

那是百年罕见的一场暴雪。大地上,除了村庄和城镇的上空能看到一些其他颜色外,放眼望去,四处都是白皑皑的雪域。一座座的厂棚垮塌了,一根根的电杆折断了。一天两天,十天,半个月过后,我所在的南方小城仍是受灾最严重的孤岛,水停了,电断了,路面结冰,车辆通行受阻,各种生活物资无法顺利进入,白菜卖成了肉价,蜡烛变成了珍品,洗个热水澡也成了一种奢望……小城,这座千年古堡,成了全国人民关注的焦点。

国务院总理发话了,河北的志愿者赶来了,山东的发电车开来了，河南的抢修工人派来了，全国各地的志愿者都来了。一时间，嘉禾大地上，涌动着一股股爱心的暖流，演绎出一个个感天动地的故事。

2008 年 1 月 28 日下午，那是个令人难忘的日子。天空仍似蒙着一大块灰暗的抹布，像盖在人们头顶上的一口铁锅。已连续加班加点工作半个多月的嘉禾县供电公司工人肖建华、李学欣、邓建国等五人又受命抢修行廊境内的一根高压电线。肖建华穿上脚扣踏板，冒着凛冽刺骨的寒风，攀上了十米高的输电杆灯架处。正在他处理断线接头时，长时间承受巨大冰雪压力的电线杆在一声巨响后“吧嗒”折断了，肖建华也随着电杆摔落到雪地上，在送往医院途中，光荣殉职。从此，肖建华把自己的身躯耸立成苍茫雪域上一堵不会融化的永恒的冰雕。

肖建华烈士走了，他没来得及洗个热水澡，没来得及与年仅五岁的女儿说句暖心的悄悄话，没来得及兑现自己过年时给父母购买一套新衣裤的承诺。然而，他的英雄事迹、他的爱岗敬业精神却似一股春风，温暖了三湘儿女的心田。市委书记来了，省委书记来了……

那是个令我终身难以忘却的春节，那是一场融入我魂体的雪。

在那冰封雪没的一个多月里，作为一名基层新闻宣传工作者，我每天就像喝下了鸡血，总揣着一种使不尽的精神力量，奔驰在每一个抗冰抢险的现场，采访、拍照、撰写新闻稿件等。

记得在我采访完肖建华的英雄事迹当天，为能在次日向各大新闻媒体发布新闻通稿，我连夜赶写稿件。初稿手写完成后，没地方打印，我说服曾经办过打字室的妻子，钻到一个商业网吧去打印。那一夜，我将稿件改了一次又一次，妻子则打印了一次又一次，困了，她就趴在电脑桌边打个盹，没有半点怨言。等稿件打印好了，又急着要发送出去，当时我和妻子都不会使用电子邮件，怎么办？情急之中，妻子说："回家去叫儿子来帮忙吧，他肯定会弄。"于是，我急忙跑回家中，把正在熟睡中的儿子叫醒，接到了网吧，帮助我们发送稿件。等稿子发送出去，已是凌晨四点半。我们一家三口如释重负，在网吧里花了 45 元钱每人泡了一桶方便面吃。

大年三十的那天下午，天空仍然没有放晴的迹象。屋檐下仍挂着铁杵般的冰柱，路边的树枝树叶都裹着厚厚的玻璃般的冰块。公路两边堆满了大小不一的雪堆雪雕，冰冻如磐石。为使市民们过好除夕、春节，从山东、河北来的电源支援车分别把守在嘉禾县城人口比较密集的小区里。

职责和使命使然，囫囵吃过午饭后，我又背着照相机，揣着采访本奔赴各个电源发送点。那天下午，我从嘉家福广场到珠泉亭社区，从湘运公司到县政府大院，整个人就像古时织布老人手中的一把梭子，徒步在县城里穿梭着。在每个电源车发电现场，我都能看到市民前来送水果、饮料、饭菜的感人场面。到了灶火要照亮墙壁的时候，妻子打来电话说：“家里的饭菜都搞好了，赶快回来吃饭吧。”匆忙中，我回答说：“好，好的，马上回去。”

我嘴里回答着妻子，心里却在着急。因为我身边又来了几位居民提着煮好的过年饭菜送到了县政府门口的发电车旁。摁掉电话，我急着问：“你们是哪个单位的？”

“我们没有单位，是珠泉亭社区的。”“我是晋屏社区的。”几位居民几乎同时回答。

“那你们为什么要送过年饭菜来？跟他们是亲戚吗？”我追问道。

“不是，不是亲戚。只是他们为了我们嘉禾人三十晚上有电过年，大老远的，都顾不上与家人团聚，我们给他们送点饭菜是应该的。这些天，真的很感谢他们！”听到我的追问，一位阿姨抢先说道。

“来，各位大师傅，你们趁热吃了，这碗是土鸡汤，这碗是我们嘉禾的过年肉——炸皮肉，这有瓶酒，是我们嘉禾的倒缸酒，把它喝了，可以热热身子骨。”一位中年汉子揭开提在手上的铝桶纱布盖，边说边走到一位身材高大、穿着电力服装的发电工人身旁。那位身材高大的北方汉子见状，忙在口里不停地念着：“谢谢大伙，谢谢乡亲们！感谢你们的关心和好意，这些都是我们应该做的。”北方汉子话音未落，车子旁边不远处的两位青年人拖着一长串的鞭炮赶过来。问他们姓名，只字未答，只是笑着说：“真心感谢这些北方来的兄弟们，让我们过年有电用！”在发电车的两边贴着一副对联：“感天动地援电工，过年别忘共产党。”据说，这是一位老人家来张贴的。

一时间，发电车现场让我收获了许许多多的新闻素材。只是等我赶回家里时，妻子生气地说：“大过年的，我把菜都热过两次了，你就不能回家陪我们吃了再去？你看看都几点钟了？”我无言以对，扭转头，正想去看看墙壁上的时钟，中央电视台一年一度春节联欢晚会时间主持人朱军等几位大腕明星激情飞扬串联晚会的序语却告诉了我时间。

妻子发泄完内心的不爽后，急着给我从锅子里舀来了一碗我最喜欢吃的大块豆腐炖猪蹄子。对着妻子端来的酒菜，我吃在嘴里，愧在心头。

吃完饭后，我又钻进书房，打开电脑，把下午发生在供电现场的各种感人故事撰写成《外来援电工人的年夜饭》，发给各级新闻媒体。高兴的是等我次日醒来，打开电脑一搜索，《湖南日报》《郴州日报》等多家新闻媒体都编发了这篇饱含我辛勤劳动和妻子默默付出的新闻稿子。

回想起 2008 年的那一场雪，回想起五年前也是冰天雪地，在春节第一天就撒手西去的妻子，凝结在我心里的冰雪不知何时才能融化……真的，我不想看到雪，一生一世都不想！

大姨

“一个大姨半个妈，你们以后要记得。”四十多年前，妈妈躺在病床上讲出这句话时，泪水在她眼圈里打转。年少无知的我，懵懵懂懂，心里还感到纳闷：为什么要一个大姨顶半个妈？时隔近半个世纪，当我想起妈妈的那句话，想起妈妈四十多年前讲话时的情景，眼眶里的泪水也在往外涌。

那是一个吃了上顿没下顿的五月的一天下午，患有偏头痛和心脏病的母亲，喘着粗气，把我和哥哥叫到跟前说：“孩子，吃了中午这餐饭，晚上的米就没了，也不知道你爸爸出去卖面条今天会不会回来？”“没关系，我们吃红薯。”我和哥哥俩人不约而同答道。

我们母子对话过后大约一根烟的时间，大姨还未走近我家大门，就习惯性地“嗯嗯”干咳了两声。我和哥哥应声出门，原以为大姨是去赶集回家路过，像往常一样给我们兄弟姐妹送零食来了。而钻进眼球的是大姨背着一只大花箩，箩筐上装满了刚刚采摘的猪草，背上机织的蓝布衣湿淋淋的，额头上挂满了汗珠……我们的高兴劲儿顿时从楼顶上往下掉。“玉仔，身体这几天好些吧。给你送了些米来。”大姨跨进我家的木门槛后，放下花箩筐，就直奔到我母亲病床前问道。

“没事，好多了，反正老毛病，好不了，也死不了。呃，你怎么晓得我家今天没米煮了？”母亲听说大姨给家里送了米来，心里瞬间来了神气，马上拖着病体起身移下床来。

“我今天一大早就有预感，你这肯定没米吃了。上午我就没去墟场，等煮好几锅猪潲，别人家都赶集去了，我就用花箩背了些米来给你们吃。”大姨说着，眼睛在我家的大门和窗户上扫了扫，生怕让人听见，一脸的神秘。

“在哪里，在哪里？”站在一旁的我和哥哥，听到大姨说给我家背了大米来，高兴得忙跑到花箩前，立马抓走铺在花箩上的猪草，只见箩筐底下用菜叶子捂住筐边，中间压着一个鼓胀的黑色布袋子，用苎麻丝拴着布袋口。小小年纪的我，伸手想把黑色布袋子拽出来，可是拽不动，好沉好重。

“大姐，你每次给我送米来，姐夫他晓得吧？要不，我给你记起数，等小孩子们做得来了，再还你。”母亲说这话时，把眼睛盯向了我。我抿着嘴，听不懂母亲和大姨在讲些什么话，只知道这是母亲说的，“记数……要还……”

我家和大姨家相隔不到两公里，田土相依，语言相通。同是出生在一个家庭，我妈自生下我们兄弟姐妹四人后，身体就像溃了堤一样，一年四季“哎哟，哎哟”地呻吟着。因为母亲不能像正常人那样每天出工劳作记工分，尽管父亲把全身心的力气都用上了，但每年一到年底，经生产队盘点核算，我们家总是入不敷出，成了全村人都知晓的“老超支户”。再加上我爷爷在土改时因多买了几亩田，被定为地主成分，左邻右舍有心想帮助我们家的，也怕他人小题大做，不敢伸手。

父亲是我们全家人背靠的山峦。每天从早晨天还没亮爬起来，一直要等到月亮挂在西窗，才会囫囵地上床休息。母亲每次生病后，他都会按照医生的交代一天几次及时给母亲喂药、做饭；母亲身体好些了，他便每天早出晚归，挑着一百多斤的面条，爬坡越坎，走村串户，整天去叫卖面条，赚取几个血汗钱，给母亲抓药，给家里买粮。到了夏季，他身上就很少穿上衣，不管太阳酷暑炎热，每次出门，他都是肩膀上披挂着一条米多长的洗澡帕，挑担时，则把澡帕铺垫在肩膀上，任凭肩上的重担磨压。父亲的上身皮肤，就像村子中间的老堂屋，四处都漆上了一层褐红色的桐子油，光鲜光亮的。

大姨命好，嫁的丈夫是个大户人家。她身体又硬朗得像树桩，虽然没有农村人讲的那种“男人婆”风格，但在方圆几公里还是响当当的：论身材，走在大路上属于高“回头率”的那一类；论口才，她站在人群堆里可以放开喉咙扯上几个钟。姨丈则年纪轻轻就当上了生产队长，大红人一个，一家人的小日子始终都比别人家要过得殷实许多。那些年里，大姨到底给我家“偷偷摸摸”送过来多少大米，后来母亲没说，也没把数目传下来。

改革开放政策落实后，生产队实行家庭责任承包制，分给我们家的好几亩田，都在离大姨家不到 500 米远的地段。每次到这里来做事，我们都会有事没事地跑去大姨家坐一下，玩一会。大姨见我们兄弟姐妹到来，脸上总是挂满了笑，都会把家里最好吃的东西“搜”出来，摆在桌上。到了吃饭时间，大姨则会麻利地准备好饭菜，一定要留我们吃了饭才让走。

有年夏天，正是稻谷抽穗扬花时节，天气连续高温无雨。眼看就要进仓库的稻谷快被旱死，父亲心急，不分白天黑夜，誓死抗旱保苗。到了星期天，父亲对我和哥哥两人也搞起了责任承包，把我家离大姨家最近的那两丘田分给我们。

我们家的稻田本来是水旱无忧的。在它的上游有口井，水每天像条水龙汩汩而出，浇灌着它下游的几百亩田土。可这年，连续一个多月，老天爷都是睁开着“火眼”，眨都不眨一下，把那些高旱田里正在扬花的禾苗都旱成了点火即可燃烧的稻草。

这天早晨，我和哥哥还没起床，父亲就爬上楼梯，把我们拖起来，说：“都什么时候了，我都已经去浇了两块菜地回来了。赶快起来，到罗家洞去提水浇田。不然，今年下半年就只有喝西北风了。”父亲说话的语气，没有一丁点商量的余地，硬邦邦的。

“那么大两丘田，怎么保得了？”哥哥坐在床上揉着有几分倦意的眼睛，回了父亲一句。父亲伸手就把哥哥的手臂劈开，吼道：“别废话，赶快下楼。等你们到了罗家洞，水沟里的水都被别人舀干了。”我和哥哥无可奈何地跟着父亲赶往罗家洞。

我们出门时，母亲叫着说：“孩子他爸，他们都还小，提累了，就让他们在树蔸下躲下凉，肚子饿了，要记得早点回家吃饭，‘人是铁，饭是钢’，别饿坏了身体。”父亲没有回话，母亲则倚靠在大门旁，目送着我们，就像目送勇士出征参战一样。

我家的稻田边有条人工引水渠，水是从一条叫花溪河的河床上引过来的，但比我家的稻田要低一米左右。父亲把我们带到现场后，要我和哥哥两人，一人把守一丘田，一边从上游的井水自然引水灌田，一边找一处最佳地段提水浇田。见我年纪小，没经验，父亲在离开前，还帮我用泥巴在埌头上筑起了一个倒水进田的引水沟，并在引水渠上垒砌了一道蓄水堤。

按照父亲的安排，我卷起裤脚，就插入齐膝盖骨深的引水渠里，一手提桶把，一手端桶底，弯腰挖水，挺腰提水，似机械一般，立在引水渠里将一桶桶的流水送进自家的稻田里。

夏天的太阳越是中午越炙热，我晒得有点顶不住了，就干脆用水桶挖半桶水淋到自己的身上，然后，把水桶倒转过来，遮住头顶上暴晒的太阳。时间一分钟，两分钟……一小时地过去，在我和哥哥用了一整天地擎提下，稻田里的水才渐渐浸没出地面来。

回到家里，我笑着跟母亲说：“妈妈，中午的时候，我好想去大姨家吃饭，可是……”我没把话说完，母亲就接过了话茬：“可是什么呀，想去大姨家吃饭就去嘛，你大姨对你们比妈妈还好。”母亲一脸的骄傲。

次日，又是烈日如火。大清早起来，家门口的几条黄狗、黑狗吐出长长的红舌头，喘着粗气，懒洋洋地伏在地面上。爸爸见我们兄弟俩都起床后，板着脸，很不爽地说：“你妈的病比前几天严重些，我要送她去镇卫生院检查一下。你们两个就按昨天的样子，还是一人一个点，继续去提水灌田，一定要保住这两亩田，不然的话，下半年全家人都要勒紧裤带过日子。”

“爸爸，我们昨天才把那两丘田提满了水，干不得那么快，今天能不能不去了嘛？”我眼瞅着大门口似火烧的日头，祈求着。

“你懂个屁，这么大的太阳，一天都要三指水，等田都干死了，再去救，就没得卵用了。去，一定要去。”父亲有点烦躁地说道。我嘟着嘴，低着头，没有正眼看父亲。

“哎哟，哎哟。崽呀，都这么大的太阳，你们去，就要戴顶草帽，中午的话，就去你大姨家吃饭。”听到我发出很不情愿的哀求声，母亲从里屋传出一串微弱的声音来。

在父亲怒视的目光下，我和哥哥又各人提着一只水桶向着罗家洞的稻田赶去。到了引水渠边，继续重复着昨天的故事，双脚插入齐膝盖骨深的引水渠里，一桶桶地挖水、提水、倒水……

等到太阳爬过头顶，我对着哥哥喊："什么时候去大姨家吃饭，我肚子饿了。"哥哥没有回答。我又继续喊："哥哥，我们什么时候去大姨家吃饭，我肚子饿了。"哥哥还是没有回答。我心急了，怄着气，爬上埌头，直奔哥哥的取水点。

还没走近哥哥的取水点，我的心就要蹦出来一般，既没看到哥哥的人影，也没听到哥哥提水倒水的响声，他到底去哪里了呢？我三步并作两步，快速奔跑过去。走到跟前，只见哥哥用草帽遮住自己的脑袋，双脚浸泡在水中，正仰躺在引水渠坝上睡着了。听到我的声音，哥哥瞬时从酣梦中惊醒过来。

哥哥醒来后，我问他去大姨家吃饭不？哥哥说："顶一下吧，田里的水都快出地面了，搞完我们就回去吃。老是去大姨家吃饭，我都不想去了。"哥哥年长，懂事，我则一脸无奈。肚子已经饿得在"咕咕"了，这可怎么办喽？我在心底里咒骂哥哥"死脑筋，死脑筋"。

"亮仔，亮仔，你们都过来吃饭吧。"正当我们兄弟为吃饭问题发愁时，大姨跟往常一样，扯起她的粗嗓音，戴着顶旧草帽，穿着大衣襟，从她们村口的那条小路上快步走来。

我家那丘稻田的西边有条小河，常年都有河水流淌，河畔长有两棵水桶粗的柏树。大姨走到柏树下就没走了，立在那里，酷似她身边的那棵大柏树，手里拿着旧草帽在不停地给自己扇风，额前的头发被汗水淋湿，贴在额上。

我见状，光着脚丫子，蹦跳而去，心底里似乎注入了“核能”。等我们赶到后，大姨蹲下身，揭开盖在竹篾箩上的洁净洗脸帕，立即从里面端出一碗有茄子和菜椒混装的菜肴，提出一个饭桶，随后吩咐我们自己拿碗筷吃饭。

看着我们全身沾满泥水，饿得大口大口地往嘴巴里塞饭的样子，大姨问道：“你们又没吃早饭？你爸爸今天怎么不来？”哥哥听着，一五一十地告诉了大姨。大姨没有吭声，拿起遮盖在竹篾箩上的灰白洗脸帕，忙转过身去，仰头揩了好一会。等再次转过身来，她笑着跟我们说：“外甥，你们多吃点，以后来罗家洞做事，就去大姨家吃饭，大姨一定给你们做好吃的。”哥哥抬起头，停下碗，仰视大姨。而我，仍旧大口大口地往嘴里塞……

次日上午，等我们赶到自家稻田边时，大姨顶着烈日，已经立在我提水的引水渠帮我家提水灌田了。

故乡村口的花溪水，流过了一冬又一春，花季年少、心怀梦想的我，将要离开故土，戍守南疆。这天早晨，随着送行的锣鼓声在村里响起，大姨挤开人群，站到了我的跟前，伸手帮我整理了衣领，随手从她的衣袋里“挖”出一个黑色的钱袋子，说：“外甥，出去后作神做事，这是大姨送给你的盘缠。另外，这是我从你家罗家洞稻田的田埂上抓来的一抔土，你把它带在身上，它会保佑你一生平安健康的。”大姨说着，又从另外一个衣袋里掏出了一个灰色的小布袋，并从小布袋里拿出一沓用橡皮圈扎紧的零钱。我接过留有大姨体温的一沓零钱和装有我家田土的小布袋，泪水霎时摔落下来……

“一个大姨半个妈。”记得在我小孩出生后，我妈已是半瘫之人。那天，我从商店买完小孩的生活用品回来，还没进门，爸爸就直呼我名道：“亮仔，亮仔，你大姨来了。”我闻声赶出门去迎接。只见大姨肩挂着一只黑色布袋，圆鼓鼓的，边走边笑盈盈地问这问那。进了屋，见小孩正在熟睡，她把黑布袋提到茶几上，解开布袋口，从里面先拿出了几沓用旧衣裤剪裁、针缝的小孩尿布和款色各异的口水兜，然后又拽出了两个塑料袋。一个装着我十分喜欢吃的冻米油茶。这是我们家乡人接待贵客时用的，有酥脆的冻米、糯米糍粑片、油爆花生米、红薯片等，用茶水或开水一泡，即可食用。参加工作后，我每次到大姨家，大姨都会准备一大盘，见我吃得高兴，她就乐在心头。

闻到冻米油茶的浓香，我口水直流，随手就伸进塑料袋，抓出一爪塞进口里。大姨“哈哈哈”地笑了起来。等我连吃了几把后，大姨止住笑意，又小心翼翼地把手伸进另一个塑料袋，捏出了两只绯红色的鸡蛋。大姨说：“这是土鸡蛋，县城里难得有卖，女人坐月子，蒸着吃，补身体。”我听后，把布袋口撇开，里面用大米护着鸡蛋，不知道有多少只。爸爸见我惊讶状，告诉我说：“在来的车上，你大姨怕把鸡蛋碰坏，总是把布袋子揽在怀里。有个青年人往她身边挤，还把别人给唬了一顿。”我提起鸡蛋进里屋时，觉得手沉，心更沉。

之后，大姨在我家破天荒地住了三天。住在我家，她活似一颗陀螺，洗衣服、洗尿布、抹桌椅等。妻子不让，她就发脾气。叫她休息一会，她说自己是“贱骨头”，一闲手脚就发酸，干点活松快些。见我家有些棉布旧衣裤，她硬是逼着妻子找来剪刀、针线、米糊，把那些旧衣裤剪裁、缝制成一条条、一块块大小不一的小孩尿布。大姨的手艺活在老家是出了名的。那几天，她便一针一线地给我小孩缝制口水兜。她做的口水兜，不仅花样多，造型美，厚实耐用，而且还把小孩的名字都绣上去，意义非同一般。直到孩子参加工作了，妻子还舍不得丢。

因为工作的缘故，这些年，我和大姨见面的时间不多，只能把思念藏在心底。有次，大姨很想到我家来看看，可她的小孩们不允许，说“老人七十不留食，八十不留夜”，怕给我添麻烦。我得到消息后，请假赶到了大姨家，大姨见到我，眼泪水就“唰唰”地往外跳。片刻过后，她又从她那掉了漆的碗架里端出一大钵早已准备好的冻米油茶来。见我一碗快吃完了，她马上又从瓷钵里舀起帮我添满，并不停地说：“你爱吃，多吃点。”见我吃得开心，大姨咧开嘴笑说：“工作不忙的时候，你就多回大姨家里吃，趁大姨手脚没麻木，还做得起。”在大姨眼里，我永远都是孩子。

在大姨弥留之际，我蹲在床边问：“大姨，还记得我吗？”大姨眼睛直直的，喉咙里噎嚅，可就是讲不出话来。目睹此景，我又想起了大姨“偷偷摸摸”给我家去送大米的情景，想起了大姨给我们送饭到田埂的情景，想起……大姨，我的好大姨，今生今世我都记得您，如果有来世，我也一定记得。愿您在另一个世界里生活得幸福开心！

家味·年味

（外一篇）

一座塞满故事的古宗祠，穿梭着儿时楼上楼下捉迷藏、抓特务的影子，堆满了族谱里千百年传承下来的清规戒律，充盈着后裔子孙奔涌的灵魂。古戏新唱，唱响了新时代山里人的心曲，京剧、花鼓、小调，声声吆喝，喜怒哀乐，演绎出人间百态。

一只炉火正旺的饭鼎锅，黑黑的脸蛋，煮出白白的米饭，盛着老干妈的辛酸泪、老阿爸的咸汗水，把全家人的温饱与念想都蒸煮在锅里，让沸腾的日子都化作山边彩虹，拱起在孩子们心头，延伸在出村口的石板路上。

一串串被风干的冬至腊肉，用酒酱涂抹着母亲的愿景，望眼欲穿的等待与期盼，渲染出过年的味道，任凭烟熏火烤，只为在餐桌上留下自己的色彩，映红亲人笑脸，多畅饮几杯老家的过年倒缸酒，在一派雪融花开的日子里，擂响新一年的晨钟。

一座简易的临时灶台，垒在老屋墙角，垒在游子心坎，一扒锅爆炒的神仙狗肉，扯出了城里人的唾液，撑开了乡下牯的胃口，老家人一年四季的小日子，总在把盏交斛间兑现成或深或浅的情感，让记忆留存在老屋里发酵。

一堵曙光隐隐的洞穴，透着光芒，掖藏阴森，儿时的“厮杀”窖藏其中。一群群钻进爬出的人们，都怀揣着各自的心事，算计着人世，殊不知，地球总在转动，太阳总在昼夜轮替，没有光泽的世界，再精彩也难得掌声与花环。

一坛陈年老酒，醇香甘甜，是妈妈待儿的心浆，是父亲训儿的跫音。除夕的餐桌上，抿上一口，沁心扉，润丹田，喝上一碗，倒出感叹，喷出感言。开启一坛陈年老酒，弥漫老屋，弥漫村庄，弥漫一代代的游子。村口金灿灿的稻穗，铺就山里人的梦境，村庄上空袅绕的仙雾，映着曙光，把山里人的希冀送出山外，送到有诗的远方。

冬语

（一）

躺在冬日暖阳里，心口总挂着霜花，思绪似树顶滑落的黄叶，寻寻觅觅，寻找着自己的归宿……

抬头远望，偶然间，想起老母亲曾经做酸的糯烧酒，苦涩艰难卡在喉管，咽不下，吐不出……

前方，路很陡很烂，时宽时窄，双脚插进泥泞，糅进念想，一步步攀爬，却不见诗和远方……

没有尽头，心，总在寻觅，梦醒来，又沉睡，虚无缥缈；泪擦干，又跳出，淌着心酸。好想听到一种熟悉的声音……

（二）

这个没有雨的冬季，霜，密匝匝涂满田畴。荒土，灌木丛林中的老鹰，低翔在暖冬的家园，挥舞着沉重的羽翼；菜畦边的狗尾巴草摇曳着瘦枝，总不愿低头。

被霜雨拷打的红薯藤蔓，紧贴地心，似孩儿依偎母体，正在寻觅新生，祈祷来日丰盛的时光。田间掘地的老妪，头顶印着霜花，身旁一担载着小白菜、大包菜、红杆菜的篾箩里，挑着季节，挑着心愿，挑着家人的一日三餐。

眼前，太阳把人的影子扯长，贴在地上，底色却是一片枯黄。挺立前头的远山，像是一樽墨盘，蘸点山脚的花溪水，泼绘成一个个命运多舛的感叹号。

伫立在田埂，太阳总在多情地挑逗着满身的惆怅，撇开村口洋楼，驱赶都市喧嚣，静静地等着下一个季节到来。

（三）

母亲坟冢的冬茅，似她在雪日离走时丢失的发丝，藏满墓穴的思绪，从躺在地皮的茅草苑间流出，萦绕成墓碑上的名字。

难忘那个冬日雪花起舞的年节，一声哀叹，砸碎了瓦砾间的冰柱，雪融的声音逗怒了老屋门前的阵阵犬吠。那夜，母亲，真的远行去了，带着她压在心房的心事，带着她……

跪拜碑前，心口噎着的好多冬语和怅然，瞬间都交给枯草间曼舞的蜜蜂，倾诉给土堆里安详的母亲——妈妈，你听见了吗？

老家的冬日，没有太多的花事，只有冷艳霜清傲雪骨的演绎，昂起头颅，冰柱旗杆般立在山坡。远处，老屋飞檐间升起的炊烟，是老爸烟斗里喷出的烟雾，脑瓜里响起一种刻骨铭心的呼唤，把它挂在断了线的风筝上，飘移……

老墟一景

古墟密语

以老爷爷留下的老屋为轴，方圆走动一两个小时，周边的山谷、河岸边，就镶嵌着许多古墟场。梓木圩、毛峻圩、麦市圩、太平圩、塘村圩、平田圩等，这些古墟周围，都有一两个数百上千人口的大村落。墟场上的凉亭、商铺、房屋，多是砖瓦结构，长短大小不一，全是当地以前的富豪、绅士捐赠或出资筹建的。

离我家不到两华里的塘村墟，古时是个通粤达桂连鄂接赣的驿站。古语有云：路边累死挑盐工，十有八九塘村牯，广东广西走一朝，口袋光洋一大瓢。早在十多年前，古墟上仍保留有大片的旧墟场址，风韵犹存，一墩墩的石头柱子支撑着一排排风格各异的墟场凉亭。只是十多年过后，圩场上那些曾为客户、商贾和山里牯遮风挡雨的凉亭客栈，却像鱼贩子菜板上的鱼鳞，被人“唰唰唰”地掀没了，只剩下几条残缺不堪的菜行，但人们对古墟场的记忆，刻进了人脑，“刀都刨不脱”。墟场有什么好？在很多人眼里，墟场就是市场，是用来三五天赶一次集，供人们进行商贸交流的一个活动场所，没什么了不起。可细品起“价有高低须知贵贱，斗无大小还要公平”“世路崎岖聊驻足，前程远大莫停车”等镌刻于圩场石柱上的一些楹联绝句来，它却是一方乐园、一间课堂、一本厚重的百科书。

牛行哑语

小时候，我跟村里的孩童一样，爱好赶墟，感觉古墟场像老爸窖藏好些年的糯米烧酒，浓烈且醇香，闲暇之余，总会“舀”上一海碗，品茗一通。

以前，大人们到塘村赶墟，牛行必去。记得有句谚语：要赚钱，进牛行；想学道，进武校。确实，墟场周边几个做牛生意人数较多的村落，每家的小日子都比别人殷实很多。塘村墟的牛行，圈定在墟场的西北角有数百个平方的一块坪，坪地中间耸立着一排用花岗岩条石搭建的凉亭。凉亭顶端用人字形木架、木条和青瓦铺就而成。凉亭两边的泥地坪上，被牛群“拱”得坑洼不平，到了下雨天，牛群催赶时，常常会把前来贩卖牛儿的人们溅上一身泥水。

牛行牛多人多，有牵家牛来卖的，有专门从事贩牛生意的；有从广西来的，有从广东来的。在牛行上交易，大家都讲西南官话。牛市的耕牛较多，大牛、小牛，水牛、黄牛，都被拴在了石头柱子上。墟场上塞满了一股牛屎味，“哞哞哞”的牛叫声与墟场上的喧嚣声融成一体，让人老远就知道这里是牛行。

牛市的行规很特别，也很神奇。我中学毕业后，跟从村里的坤叔学做过几趟牛生意，就有想学牛行哑语的原因。坤叔是贩牛老手，从十多岁开始就在牛行里“混饭吃”了。他去外地贩牛，一般是去广西柳州、梧州，广东连州、乳源等偏远点的地方。坤叔说：“那儿的牛，进价低，有刨（赚）头。那里人会养牛，买回墟上来卖，也有卖相些。”当时，我听不太懂，只管帮着坤叔牵牛、看牛、学喊价、弹手势、理行规、悟哑语。

古墟牛行

穿梭在牛行里，脚步最勤快、眼睛最贼溜的要数牛市经纪人，他们就像一位位魔术师在耍魔术，不停地在牛群与客户之间游说。这些人大多数是中老年人，额角的沟壑都比一般人多且深些。坤叔是牛行里的“老江湖”，脑门下那双眼睛发出深邃的光，就像猫仔的眼睛一样，只要见到有买主靠近牛市，他一眼就能辨别这人是不是来买牛的。若是，他就会不顾脚上碰到一堆堆的牛屎、踩到泥水坑，箭一般穿过去，挤到耕牛前头，挺直胸膛，左手拽着牛鼻子上的缰绳，右手在牛脑门上拍打几下，然后再牵着耕牛快速地转几圈。停下来后，便放开喉咙跟买主讲起手中这头牛的优点与长处。经过一番“左右逢源”的思想灌输，坤叔再掰开耕牛的嘴巴，自己抿住嘴，把手伸进耕牛口腔，慢慢地摸着牛牙。牛儿则口吐唾沫，喘着粗气。磨蹭好一会，坤叔才把手抽出来，随后再用手指头在众人面前比画几下，告诉大家这头牛养了有几年，大概值多少钱。

见买卖双方都有诚意，坤叔再分别拉着甲乙双方躲到角落边去商榷价钱。在整个交易过程，他们从不说五百、一千之类的口语，经纪人基本上就是靠一只手上五个指头的变化来完成交易。说两千，就把食指和中指并拢伸直，手心向上，在买卖双方的胸前晃动晃动；说八千，则把食指和大拇指拉开呈“八”字形，横摆在客户面前。交易时，他们把一、二、三、四、五、六、七、八、九，分别用“暇点、甲点、催点、小点、无点、仁点、跳点、大点、弯点”等行业哑语来替代。有些外地来的客人听不懂，他们也绝不会在现场大声地喊出来，而是把客人拉到一边，贴近耳门，悄悄地告诉对方是什么意思，要多少钱。此景实乃“此时无声胜有声”，惟妙惟肖，活灵活现。

有些客户“抠门”，总是挑三拣四，一桩生意下来，经纪人的口水都要讲掉“半茶壶”。坤叔脾气好，耐得烦，霸得蛮，跟上一宗生意，他就会脚尖踩着脚跟一样的“黏”着你不放，似村里的老媒婆做媒人，直到生意成交为止。

国有国法，行有行规。待交易成功了，买卖双方都要拿出一定的“口水费”作为酬劳。且在现场的见者有份，只是主次有别。等买主走后，卖方还要请经纪人到墟上的米豆腐店或饺子、馄饨店去打一次“牙祭”，美食一顿，感谢牵线搭桥。

坤叔在牛行里跑了一辈子的买卖，跑发了家业，跑发了养牛农户，也跑白了自己的头发。如今，铁牛替代了耕牛，种田人不再扶着犁铧，没有白天黑夜地在稻田里丈量土地了……当然，坤叔的牛行哑语也就没市场了。

米市星秤

墟场上的米市与牛行一样都别有一番风味。

在米市场所，这里的经纪人不像牛行全是“清一色”的老男人，而是有男的，也有女的，有年岁大的，也有刚走上社会的。

他们都肩上挂着一杆铁砣星秤，又称“麻子秤”。星秤有长的，也有短的，使用者均把秤杆带铁钩一头挂在胸前，秤砣吊在背后，晃悠悠地穿梭在大米市场之间。女的额头上扎块花帕，男的腰间捆条长长的毛巾，成了米市一道独特的风景。米行的一根石柱上篆刻着这样一副对联：“价有高低须知贵贱，斗无大小还要公平。”商客们见了，都会驻足默读几遍。

我们村里就有好几位到米行做生意的男女，满红婶、强仔叔、丽华姐姐等人，都是“花嘴巴”，吃天下。

满红婶个头不高不矮，听说嫁到村里来之前还留下过“风花雪月”的故事，只是在那年头，她像一只折翅的“飞鸟”，无法飞上一片属于自己的森林，将就着嫁给了我那身材“五短三粗”、脸上还有疤痕的四叔。满红婶脑门宽，婚后接连生下了五个儿女，为把小孩拉扯成人，便把眼睛盯上了墟场的米市。

满红婶使用的星秤是杆老古董秤。据说用的是她家公的老爸

古墟米市

去百里外的西山买回的野生乔木，秤杆有些粗，呈圆柱形，秤杆两侧锥刻着用铝条按压进去的星点，一边是以“十”为单位的计量刻度，一边是以“两”为单位的计量刻度，秤的前端安装有秤钩、秤耳，秤耳分一吊、二吊，一吊对应秤杆以“十”为单位的刻度，二吊对应以“两”为单位的刻度，秤身已被摩擦得光亮亮的。整个杆秤可以称两百多斤，她走在米市场上，不要吆喝都特别抢眼。

在我们那乡里山村，其实星秤就像一杆撬动每个人一生的杠杆。记得小时候，爸妈见我读书不用功，学习时好时坏，就常用“等你识得秤，就怕没肉卖了”这句民间哲言来劝导。那时候，我确实不懂，常在心底里嘀咕：“什么‘等你识得秤，就怕没肉卖了’？只要我身体好，赚到一大堆钱，还怕没肉买……”现在想想，真觉得幼稚可笑。

满红婶脑袋好使，每次赶墟，她都是去得最早、回来最迟的，似有人给她做考勤。在我印象中，只要她去米市场走脚，不管是米贩子还是周边村庄的乡亲，要过秤都会找她。前来买米的，有些是老人家，过秤时，手力不足，提不起秤耳，她撸高衣袖，拽住秤耳上的苎麻绳就称起来。见有人挤进米市来买米，她眼睛特尖，判断力也特准，几个跨步钻过去，脸上堆满笑容，说：“妹仔，你是要买中稻米还是要买晚稻米？你看这米很好的，米粒大，又素清。想要的话，先给个价钱。”“大哥，这是糯米，细长细长的；这是早稻米，颜色偏黑，碎粒比较多；这是单季中稻米，米粒大，煮饭柔软爽口。你看要哪种。糯米是用来做甜酒、抖糍粑的；早稻米用来蒸酒卖，比较好；中稻、晚稻米就用来‘进口’饱肚子了……”她说着，还一手拽住胸前的星秤，一手插进卖主的米箩筐，伸手抓上一把来，让顾客看后再丢回卖主的米箩筐。市场上不管是来买米的，还是在卖米的，听着她滔滔不绝的解释，眼睛都鼓得圆溜溜，仿佛在听说书人讲故事。

满红婶在市场上过秤，有一条“生意经”——看人去。见那些穿着讲究、肥臀大耳的，她在读数时，就会读秤砣绳右边的数字；见那些衣衫褴褛、面色寡瘦的，她在读数时，就读秤砣绳左边的数字；时间一久，乡下来市场上卖米的阿姨伯父们“都懂了”，就特喜好满红婶去帮自己过秤。来买米的客户人手不够，她会毫不吝惜自己的力气，要抬就抬，要提就提，直送到目的地为止。过完秤后，她当然也少不了要收取“过秤费”（中介费）。“过秤费”按市场规矩，原则上是双方各出一半，每次五毛钱或一块钱，童叟无欺，十分的公平公正。每次赶墟结束，满红婶捏着荷包里鼓胀的钱包，脸上总是挂满了笑意……

几十年过后，墟场上的米市变成了米店，满红婶家祖传的那杆星秤成了“古董”，她之前从事的米市经纪人行当也渐渐成了一个时代的永恒记忆。

猪笼寄铺

古墟场是一幅迷人风情图，更是一座包容万象的大课堂。在我的记忆中，墟场上有竹笼卖猪崽、簸箕卖豆腐、花箩卖菜秧、禾草捆猪肉、街边算八字、店铺剃发须等生活场景，这些看似被岁月风干了的墟场记忆，如今细嚼起来，真是别有一番滋味。

竹笼卖猪崽是20世纪的特有场景。

那时候，农村人家家户户都会养猪，而且，养猪是一条既赚钱又攒钱的有效途径。我的母亲因患有多种疾病，不能像正常人那样下地干体力活，便极尽所能，在家里饲养些生猪、鸡鸭，以补贴家用。记忆中，母亲还曾经被评上过生产队的“红旗饲养员”，过年时，队里奖励了母亲一条毛巾和两斤猪肉。

自从生产责任制承包到户后，母亲发挥“特长”，在家里一年四季养着两头大母猪。半年过后，两头大母猪都会相继产下一大窝的猪崽。母亲喜在脸上，乐在心里，每日没有白天夜晚地侍候在小猪崽身旁。按照饲养周期，两个月过后，等小猪崽长成三五十斤重的“条猪”时，就要尽快出栏清圈，以减少饲养成本，这样才会多赚钱。

那时候到墟场上卖猪崽，都要用猪笼装着。猪笼有用木条和竹片两种，因木条制作的猪笼装卸不方便，后来大家就多用竹片编织了。其形状有的像灯笼，四周镂空，上头一个大圆孔，绑上四条绳索；有的像农村人用的酒篓，一头大一头小，等猪仔钻进去后，即用绳子拴牢固入口，防止小猪途中溜逃。

母亲每年饲养的猪仔都好有卖相，腰身长，屁股圆润，而且，猪蹄粗。客户买回家去，不挑食，没毛病，长得快。有一回，父亲一次挑了两担四头猪仔去卖，等到中午日头偏西丈把远了，还有两头没人问津，父亲急得额头上爆出了汗珠。怎么办？挑回去吗？几华里的山路，会把人搞得累死累活。情急之下，父亲又想到了猪行侧面的猪笼寄铺。

墟场上的猪笼寄铺有好几处，就像现在街道上的典当铺和火车站旁的行李寄存处，房东既是“中介”又是“保管员”，每次收取一定数额的“中介费”。

那天快到散墟时分，一对中年夫妇凑过来了。父亲拉得老长的脸立刻像鼓足了气的帆，神气陡增。中年夫妇围着我家的猪笼转了一圈，又伸手催赶了几下猪仔，接着问：“老乡，这猪仔怎么卖？”父亲没有直接回答，抬高声音说：“怎么卖？就看你有没心要。你看我家这猪仔，腰身长，屁股圆滚，皮毛红润，猪蹄

竹片猪笼

粗长。买回家去，不挑食，没毛病，一定长得快……”父亲首先来了一段“广告词”。

或许是父亲的广告发挥了效应，那对中年夫妇走到一边打了一阵耳语后，便把买猪仔的事宜敲定下来。在准备过秤之前，中年汉子提出建议：“老乡，你家的猪仔是养得好，就像你刚才讲的。但猪行有规矩，我们还是按规矩来。两头猪仔，我先拿 40 块钱的定金，抓回去后，好养，下墟就把钱送过来。”“可以可以，你一百个放心。这猪仔抓回去，保证好养。不好养，挑回来。”客户话音未落，父亲就满口做出保证。之后，父亲和那对中年夫妇一起去猪笼寄铺签订了一个由第三方见证的购买协议。

站在猪笼寄铺门口，我心生疑虑：老爸怎么搞的，又不认识，要是客人下墟不送钱过来，老妈一年的辛苦，不白忙活了吗？等客人连猪笼一起，把我家的猪仔挑走，我斜着眼睛问父亲：“爸爸，你又不认识他，让他把猪仔挑走，要是他不送钱来，怎么办？”父亲眼睛没有看我，一边解下捆绑在腰间的长毛巾，仰起头，用力揩擦着脸上的汗，一边说：“你小孩子不懂，人与人，一定要相信别人，世界上哪有那么多骗子。你看市场上一天要卖多少头猪……”我听着，耳根开始发热。

时隔五天，父亲赶墟回来，从上墟卖猪的猪笼里提出了两斤五花肉和一袋子巴掌大的黄豆腐，让全家人像过年一样大块大口地撮了一顿。

想起卖猪仔的往事，我想起了古人的一句话：以信接人，天下信之；不以信接人，夫妻疑之。

前不久，我去某地采风，在一个古村落里，家家户户都不是门上挂着“铁将军”，而是大门敞开。我试着问一位老大爷：“你们这里就没有小偷吗？”他听后，笑道：“小伙子啊，从我记事起，我们村子里家家户户都是这个样子，从来没有发生过偷盗的事情。大家都是乡里乡亲的，出入相互照应，家里也会帮忙看着点的。农村人天天种田种地的，没有那么多的歪心思、野主意！”

听完老大爷的话，我顿生羞涩之情。想到在城里生活的人，一进门就“哐当”把门关上，窗户有了玻璃框，还要安装防盗网，晚上睡觉还要检查大门是否反锁，把自己与外界隔绝起来，全都生活在自己的小世界里，不相信任何人，真还比不上农村人、山里人！想到这些，我脸上都是火辣辣的……

古墟场，真的就是一本教科书，传承了中国几千年流传下来的市场文化与文明，让人们在它的胸怀中感受到了一种涵养与自信。古墟场，但愿你“溜走”得不要太快！

老街

老街，这些年走南闯北，见过很多，可谓“千姿百态”，且每走一条，都有一种全新的感受。北京的老街，是由四合院和老胡同搭配起来的一件件的艺术珍品，让人走进去有种回家的感觉；江南一带的老街，大多铺满了铮亮亮的青石板，一座座狭长的土木平房朴实得像一位位少妇,但让人感觉就像走进了“一线天”……

不管是在城市，还是在乡村，一片古老的建筑群或一条悠长的老街道，就是一座城市和一个区域的灵魂与魅力。

有人说：一座城市的骨骼是建筑，血脉是经济，那么，它的灵魂和魅力就是文化。而老街上的一切，又都是一个个时代文化的积淀与浓缩。因为，文化是见得到、摸得着的。湘西凤凰，若

老街古犹存

没有沱江河两岸那一条条风格各异的吊脚楼，相信也无法留住世人匆忙的脚步；四川阆中，若不是那一大片风格独异的古城楼，相信也无法抚平世人浮躁的心绪……

走在每一条古老的街道上，人们总在不经意间会想到那些遗失了的美好和纯真，会不由自主地穿越时空的隧道，去追逐那些永远无法忘却的历史和瞬间。

青石板铺就的老街，是我的一种向往，我喜欢静静地走在这样的街道，梦想着有一天能和知己一起走过，领悟岁月的痕迹……而儿时，我们总天真地认为，离开这地方，我们就永远不会再回来，可人越是觉得不可能的事却总偏偏发生。远在天边的游子，每当看到那些发黄的老照片，眼前浮现的却是那些懵懂难忘的童年，感叹着城市的喧嚣使我们忘却了青春岁月，努力想去追寻，却不知该从何处着手，我们总是走得太快，忽略了太多，错过了路边太多的风景……总在似曾相识的感觉中夹杂着一丝丝的陌生。

嘉禾老街，是嘉禾县城的名片，从南到北，从东到西，每一条街巷，都注满了嘉禾两千多年的文化气息。古时兴建的八角亭、八字井、城隍庙、社稷坛、神祇坛、土地祠、忠义祠、节孝祠等，就像一本厚实的史学典籍。特别是国民党将军李云杰家的旧址，早在一百多年前，就采取中西结合的方法进行建筑，别具一格，让人看后总有种耳目一新的感觉，堪称建筑史上的典范。庆幸的是它没被所谓的“现代文明”所湮没，吸引了一批又一批文人墨客和“好摄之徒”的脚步。

嘉禾老街，虽然没有江苏南京那种“江南佳丽地，金陵帝王州”的文化积淀，但她是嘉禾文明兴衰的见证，很值得嘉禾人民用心去读，用情去读。

轨迹

苦水浸泡，百家饭哺育山里娃；海水洗礼，千里路锻铸铁血汉；泉水滋养，万言书撰写心中梦！

跟二十年前踩踏在老家村口那条揉筋泥路上一样，我们每前行一步，都会雕琢出一只或深或浅，或弯或直的脚印，每个人的生活轨迹也是如此，或浓或淡，或明或暗，穿透了岁月时空……

一

五十年前的一个夏日，老祖宗留下的那间熏满黑尘的小瓦房里，和着瓦砾下流淌的雨滴声，我来到了这个世界。

老祖宗生养我的那方山岳，虽然不是峰叠峰、壑接壑的十万大山，但记得在小时候读书时，镇上的同学都戏称我们是“山里娃”“岭边牯”。

山里的路，每一条都很陡，很弯，但“山里牯”的膝盖骨宽，脚底板厚，耐走耐磨。记忆中，在该坐学堂品诗学书的孩童年岁，我就少了同龄人那份天真与烂漫，早早挤进了“穷人家孩子早当家”的序列，一双稚嫩的肩膀扛起了村后大山般的重量。

因为孩儿多，母亲常年卧病，尽管父亲把身躯挺拔如村后的山峦，家庭生活仍旧像山楂子，苦涩多，甜汁少。在我脑壳里的记账簿上，“老超支户”就是我家的代名词。有年腊月，小年节过后，生产队在祠堂里兑换工分口粮。那天，我奔跳在老爸屁股后面，赶去凑热闹。祠堂里，各个生产队都在兑换工分口粮，场面犹如镇上赶墟，歪头摆脑的，嬉戏打闹的，扯喉嚷嚷的，耳边细语的，每位社员的跟前都放着一担担的谷箩筐。那天，尽管大家都冷得把手臂塞进衣袖筒，但脸上还是很温暖，都在等候队长的“点名”。

几个时辰过后，前面排队的社员都挑着稻谷回家去了，只剩下我爸和另一位老公在外地上班的“四属户”大婶。当会计报出我家余粮仅有 180 斤时，父亲没有愕然，默了下神后，叫着队长的名字，祈求道：“队长，我家情况，你们都晓得，看能不能多给我家分 200 斤。”“还多分 200 斤，你家吃饭的嘴巴多，做事的手脚少，连年超支，都要给你家评先进‘超支户’了。”老爸话音未落，队上的会计就像机关枪“叭叭叭”地射出一串话来。老爸没有反驳，眼睛鼓得像圆球，默不作声地盯着队长。队长左右环视了一下祠堂里的人群，一阵抓头挠耳后，忐忑地说：“这样吧，你家的情况大家都晓得，确实困难，多给你家分 100 多斤，等明年发新谷子时扣还……”

目睹此景，初谙世事的我，抿紧嘴，默默地使劲攥紧拳头。

次年春节过后，父亲为了多挣工分，撇下我们兄妹和体弱多病的母亲出外“抓现金”去了。端午节那天，我和刚刚读书的哥哥去村口的小溪里捞了有半木盆的鲫鱼、鲤鱼回来，满以为母亲会很高兴，竖起大拇指夸奖一番。没想到，母亲接过鱼盆，拉长一张苦瓜脸说：“仔呀，你们捞这么多鱼仔回来有什么用，油钵里都没油了。”见母亲一脸无奈，我仰着头，跟妈妈说：“没油没关系，我们用水煮着吃。”

我家的谷仓设在炉灶旁，有次不小心，我把谷仓上的闸门塞子给扯了出来。没想到，闸门塞子扯掉后，谷仓里的稻谷没有一溜烟地泄下来，只是“稀里哗啦”地甩出一小捧来。母亲见后，长叹一声：“唉，这日子怎么过呀，也不知道你父亲什么时候能寄钱回来。”母亲说着，眼泪水就要跳出眼眶。

之后，母亲东挪西借，维持了个把月。母亲把我搂在怀里，噎嚅道：“仔呀，米缸里又没米了，怎么办？”我紧抱着母亲的腰，坚定回答：“不要紧，我有办法。”我依偎在母亲怀里，母亲的泪水砸到我的头顶。

次日放学路上，我反复默想，没随从同学们一道欢快地回家去。

而是趁着夜幕渐渐变黑，绕道潜入离开本村较远、熟面人少的村庄，伸出了早已清空的黄布书包，开始我的乞讨生活。记得第一次站在那位老人家门口，伸开双手时，我的脸上像是被人搓了辣椒粉，全身的血液都在往头顶上喷。一家两家、八户十户，等黄布书包里的大米鼓胀起来时，我才回到家。然而，当我把讨来的大米掏给母亲看时，母亲抓住我，像审犯人一样，厉声喊道："你快说，这米是哪里来的？你千万不要跟老子去多手多脚，倒丑丢人。"我半晌没有吭声。母亲抡起巴掌就摔打过来。我抚摸着肿痛的脸庞，把大米倒进了米缸，同时，也把一位少年男儿的自信与刚强倒进了米缸。几天过后，等到我再次把讨来的大米带回家时，母亲没有抡起巴掌掴过来，而是细声说："这段时间，我心里憋得慌，也不知道你爸在干什么？真的很担心。"那段时间，我每隔几天，放学后都会绕道钻进熟人少的村庄，重复着那件事。

那些时日，我没跟母亲解释，也不需要向母亲解释，只在心底里默默发狠：一定要跳出山去，让别人说我好样的，不是孬种！

吃着"百家饭"，养身怡神，我的身体犹如村后山上的春笋渐长。还是十三四岁时，就跟成年人一样，吃饭端"海大碗"，挑担挂大箩筐。三十年前，我们村人都是靠卖面、卖酒、卖煤炭，来维持家人生活，我家也不例外。在一个夏风习习的日子，我挑着一担米酒，步行到相隔二十多公里的西山区域去卖，卖到下午三四点钟了，才卖了不到一半。返回时，在离家还有近十公里的一个村庄旁，脚板实在拖不动了，放下担子准备歇息一会，没想到，屁股一粘土，整个身躯就瘫倒在地，眯眼进入梦乡。直至太阳滑到了山那边，即将拉下夜幕，才被同村一位卖酒回家的大婶发现，帮我把剩下的米酒挑回家。卖酒卖炭、背树挑脚，就在这样的经年累月里，小小年纪的我，肩膀与颈椎的交汇处竟然像村里的许多挑夫一样，被扁担磨出了一块肉坨坨。

山路崎岖，苦水浸泡。十八岁之前留下的轨迹，被烙进村前村后那弯弯曲曲的石板路，成为我人生路上的一种历练、一点盘缠。

二

故乡村口有条小河，名叫花溪河。孩童时，我和小伙伴们除了到河里摸鱼、抓蟹、游泳外，还经常找些牛皮纸，折叠成两头尖尖的小纸船，蹲在河边，顺着流水放行、祈祷。河水悠悠，小纸船载着我的青春梦想，一路跳过山涧，穿越春陵，奔涌湘江，汇入大海。

沿着山路上踏出的脚印，在十八岁开花的年轮，我如鱼得水，来到了南疆，在绿色的军营里寻找人生坐标，描画新的人生轨迹。

军营是座“大熔炉”。我每天除了完成拉练、泅渡、野外生存、紧急战备等“正餐”生活外，还把自己的文艺梦、文学梦藏在被窝，挂在浪尖。

我们部队营区内有座山，名叫尖山。山里，相思树疯长，我的人生梦想也在疯长。记得，从新兵连下到老连队一个月后，文书在送达一沓某文学院函授资料和一封某杂志社退稿信笺时，老远就嬉笑着说："哈哈，我们连队要出诗人、出大作家啦！"当时，我听得面红耳赤，手脚不晓得怎么摆。然而，正是这句话，它像一针催化剂，一直在我心底"发酵"。

我从小就受教私塾的爷爷的染濡，满脑瓜子里塞着爷爷讲的西汉著名政治家孙敬"悬梁读书"，西汉丞相、学者匡衡"凿壁借光"和晋代御史大夫孙康"映雪读书"等励志典故。茶余饭后，我少了随同战友上街逛马路的乐趣，把一个月十二块钱的津贴费，抠出一半用在购书买纸墨和进行各类新闻写作以及参加文学函授。我每天盯着床头自撰的"耐得寂寞，埋头读书"八个字，在方格纸和方块字间"执迷不悟"地追寻着，恰如白云追寻蓝天、溪流追寻大海一般。

距离我们部队驻地大约五十公里的南坡区政府，有位获得广东省"五个一工程奖"的知名戏曲作家，名叫卢凌日。我获悉后，选在一个节假日，骑着单车，硬着头皮，带上一沓手稿，七拐八问，敲开了卢老师家的大门。初次见面，卢老师见我一身水兵蓝，风华正茂，愣头愣脑的，笑把我当成贵客接待。一来二往，我成了卢老师家的"常客"。经名师指点迷津，我在写完第四十八本草稿纸后，终于收到某诗刊社的用稿函。那天，我揣着仍散发油墨清香的诗歌杂志，独自跑到尖山顶，大声朗读了五遍，那种成就感就像一股热流把我冲拽起来。

冲破第一次的藩篱，我的名字逐渐“钉”上了报纸杂志。在我的新闻稿、现代诗、短言论、小散文等作品频繁登场亮相后，团政治处的领导直接下达了调令，基地新闻处的领导也发来了借调函。游弋在新的知识海洋，奔跑在新的追梦路上，我给自己立下了人生的三大目标：三十岁之前加入市级作家协会；三十五岁之前加入省级作家协会；四十岁之前分别出版一本个人文学作品集和一本新闻作品集。只是那些年，为了圆梦，我留下了太多的遗憾：爷爷奶奶、外公外婆等至亲相继在三年之内驾鹤仙逝，我的父母却隐瞒“实情”，说是怕耽误我的学习和工作，影响我的情绪。最后，就连我的母亲瘫痪在床，我也未能尽到犬子之责，当时，我正被选送到北京《人民海军》报学习与实习。

来到报社，我似第一次从老家山寨来到海边，天地乾坤，浩渺无边。这里就像老家的谷仓，堆满了金灿灿的“精神食粮”。报社领导和蔼可亲，责任编辑诲人不倦，常常让人收获意想不到的成果。在实习期间，尽管北京是我无数次做梦都想去走走、看看的地方，可因每天要收集、分阅来自全海军的通讯员来稿，担负报社领导派发的采访任务，节假日和晚上又要撰写自己的文学作品等，以至于学习期间，我连北京著名的颐和园、圆明园、天坛、故宫、老胡同等特色人文景点的大门都没摸清方向，直到十多年转业后，才逐步圆梦。

我从海上来，铁血觅诗笺。从北京学成回到南海，我如经过故乡打铁炉“淬火”过的一把“钢刀”，劈波斩浪，激情满怀地投身到新闻采写和文学创作中。有年国庆节前夕，基地新闻处领导安排我去农场采写一位在广西老山前线立过战功的英模。而这位老英模却十分低调，我连续前往几次，每次不是吃“闭门羹”，就是碰“一鼻子的灰”。但为了圆满完成采写任务，我没有退缩，没有放弃，像老家稻田里的蚂蟥，黏住他不放。最后，老英模被我的赤诚所感动，“倒”出了许多他在工作和生活中不为人知的鲜活故事。

部队驻地有位军嫂，她打破传统的世俗观念，一边自谋职业，苦心创业；一边发挥自己的爱好，挤出时间采写新闻报道。为把她的事情宣传推介出去，我拉下青年人的颜面，多次去她家帮忙照看孩子，孩子几次把屎尿屙在我身上，我也毫无顾忌。最后，这位军嫂的事迹在全海军得到推广，为她赢得了赞誉。

作为一名海军战士和通讯员，缺少了海上生活，将是人生的一大憾事。为弥补这段奇缺的生活经历，我只要有海上执行任务的机会都会去争取。记得在第一次参加出海演习时，因为身体不适应海上的颠簸生活，等军舰驶离军港、奔袭到湛蓝海域时，我和所有第一次出海的战友都出现了“肠胃反应”，一个个呕吐不止。但在战备任务指令下达后，我们一个个又像打了鸡血，精神十足地投入“战斗”之中……一次次的海上历练，像一次次的熔炉淬火，既让我抓拍到了海军将士的英姿，采写到了官兵们在海礁、海岛上白天逗海鸥、晚上数星斗的孤寂生活故事，又让我褪去了稚嫩，学会了迎接挑战，感悟到军人无私奉献的真正内涵与价值。

我不想用别人的汗水浇灌自己的灵魂，我只想用别人的真情和故事温暖自己及身边人的心。回首往事，在用青春和梦想堆聚的时光里，我把自己的足迹留在了南海，犁进了东海，挂到了浪尖，唱响了“十八岁十八岁，我参军到部队，红红的领章映着我开花的年岁，虽然没戴上呀大学校徽，我为我的选择高呼万岁”的歌谣。经过十三年青葱岁月的锻打，我用笔墨成就梦想，我把自己发表的上千篇剪贴稿，按照“军营记忆”和“人生乐谱”，装订成四大本的装订本，给投身万里海疆的那段无悔时光添加了注释，增长了人生厚度。

三

我家乡的地貌多为喀斯特地貌，地下水资源丰富，在许多的溪边、村口、山涧都能看到一口口甘甜山泉，流经阡陌，氤氲故土，流进乡亲的心田。

戎装卸下换新装，满腔赤诚韵故园。在二十年前的一个夏日，微风拂煦，我回到了生于斯长于斯的故乡——湖南嘉禾，走上了梦寐以求的新闻宣传岗位。面对全新天地，我记起了爷爷曾在信中写下的这样一段话：人这一生，要受多少的苦，没有人会告诉你。你必须沿着自己心的方向，脚踩大地，坚定持久地去走，接纳所有的好与不好，承担所有的责任和义务，无怨无悔地付出，心甘情愿地承受，生命才会有长度，生活才会有热度，人生才会有厚度。爷爷的话，就像我在大海航行时的“灯塔”，矗立在我的心海。

从浩瀚的蓝色大海回到无垠的“生活海洋”，我把部队锻铸的一身“铁骨”融入火热的生活之中，迎接新的考验。

回到地方从事基层新闻宣传工作，我每天都是采访、写作、饱览诗书，每天都有股使不完的劲头。特残战斗英雄言传身教，弘扬爱国主义精神；“劳模世家”一家四个劳模立足本职，爱岗敬业；大美妻子几十年照顾高位截肢的丈夫；双目失明的夫妻自强不息，艰苦创业；福利院一百多名孤儿考上大学，回报社会等近两千篇新闻报道和数百万字的公文材料及文学作品，让我在故乡的红土地上画出了亮丽的人生轨迹。

我的家乡是革命老区，红三、红六、红八军团均在这里留下了光辉的足迹。特别是 1934 年 11 月 17 日，中央红军一部途经嘉禾县甫口村时，遭遇国民党部队的阻击，三十四位红军战士壮烈牺牲。时任嘉禾农民运动协会会长的彭助立，带领乡亲含泪把这些烈士合葬，并找来荆棘杂草将烈士墓掩盖起来。此后，红军墓成了彭助立的牵挂。一有时间，他就到红军墓前修排水沟、种植草皮。1944 年春，彭助立病重，临终前嘱托儿子彭作恭要世代接力为红军守墓。为采写好这条新闻，我长时间深入彭作恭老师家里，与他交朋友，勾起他的回忆，把他长年累月清扫墓地、祭祀先烈；以红军墓为主题，给村里孩子和社会各界人士进行革命传统教育等方面的素材，收集整理成新闻故事，先后被新华社、《光明日报》、中央人民广播电台、《湖南日报》等十多家媒体转载，在社会上引起强烈反响。2007 年 7 月，在第十七届中国新闻奖评选中，我采写的新闻特写《四代人为红军守墓》一文荣获报纸类铜奖，我成为当年唯一一位荣获中国新闻奖的基层业余通讯员。

地方与部队是“两重天”，火辣的生活味道，让人感受到一种战天斗地的生命体味。我知道，每个人的生命，都是一个漫长的历程，谁都看不到终点，也看不到结局，只有把它想象成美好的，你的脚步、你的身心，才会轻松自如。

踏过泥泞知天命，何惧春暖与冬寒。捧吸着家乡甜润的山泉水，我躬耕田垄，聚力民生，用脚板丈量故土，用情怀放歌故园，不仅撰写并出版了五本近百万字的书籍，还在主管全县新闻宣传工作的同时，收获了诸如郴州市首届五四青年奖章、郴州市十佳荣复转退军人称号、嘉禾县劳动模范等人生光环与事业荣光。我庆幸赶上了改革开放的新时代，遇见了无数慧眼识珠的“伯乐”，才得以在山寨、大海、故园这不同的人生驿站，实现了事业上的一次次蜕变与跨越，用情感、情爱与情怀，画出了实实在在的人生同心圆。

筚路蓝缕，匆忙穿越奔涌且悲喜的半个多世纪，在知天命的年轮里，我遂如梦方醒，撸卷袖子，抖落尘埃，细数山溪浩荡成蔚蓝海洋，流向远方；盘点山路蜿蜒成诗笺，飘挂在白云生处……

花溪河

花溪河，我梦乡里时常游弋的一条小河，潺潺涓涓的溪流，似父亲携儿学步的轨迹，曲曲弯弯，时窄时宽；叮叮咚咚地流唱，似母亲倚门呼唤的声音，悠悠扬扬，丁零悦耳。

河床上赤膀光脚抓鱼捉蟹的童影，撸碎了河面上渐渐放大的希冀；小伙伴们曾经折叠的小纸船，是否真的载着我们儿时的童真与幻想，奔到了浩渺大海？溪岸边长得青翠的蒲公英、马苋菜、红兜草、紫罗兰，曾把我儿时的乐趣都采摘到了那只与我身高差不多的竹花箩。河溪里从上到下，或从下到上，“嘎嘎嘎”欢叫的鸭群，有的边走边觅食，把长长的颈脖倒插进水中；有的边走边嬉戏追逐，拍打着翅膀，在水面上拨弄起串串晶莹的水花。这时常让我想起骆宾王《咏鹅》中“鹅、鹅、鹅，曲项向天歌。白毛浮绿水，红掌拨清波”的诗句来。

花溪河

小玉是常来花溪河上看鸭、看鹅的小女孩，桃红般的脸庞上镶着一双小酒窝，头发常被妈妈扎成两根像马尾草样在风中飘逸的小辫子。她卷起裤腿，光着脚丫子，站在河床上的一堆石块上，撑着一根长长的看鸭杆，活像抗战时期的小兵张嘎，环视着河流和远方，照看着她家的鸭子。有小女孩放鸭的日子，溪边的少年也疯长起了心事，酸酸甜甜，似河边石岩上挂在树枝的土杨梅。

花溪河从东岭山涧奔泻而来,河畔蜿蜒,土坡上生长着白杨树、杨柳树、蚊子树、柏杉树等。树下，多长着些山莓、蛇莓、糯饭籽、茶盘籽、野牛腰、鼻涕膏之类的山果，一年四季都可以让我饱享口福。特别是到了夏天，河两岸村庄里的小屁股们，没有一丁点儿的顾忌与羞怯，不管太阳是晒着头顶，还是将要西垂，只要身体需要，就会带上一条长长的毛巾，“扑通扑通”地塞进河水中，钻到水底，好一会才似鱼儿浮出水面。

到了月挂枝头的时刻，踏着溪边铺满一地的芳草，和着蛙声与蝉鸣，成双成对的村姑与俊男便会一前一后来到河堤上，或择片芳草地，站在河畔，谛听溪水的欢唱和相互间心跳的声音；或选块溪边裸露的石头，披上月光，盘腿而坐，倾吐久藏各自心底里的絮语。在某段树枝茂密、水面文静的河段，远远的，还可偷听到夜泳男女们的窃窃私语与嬉水声……花溪河曾被喻为“鸳鸯河”，故事悠长悠长。

花溪河似条彩带，把两岸高低不平、大小不一的农田串联起来，春夏秋冬都能看到一些叫的出名字和叫不出名字的花儿。溪边还有不少甘泉从田埂边喷涌出来，人们在劳作辛苦、饥渴难耐时，要么弯腰屈膝，倒撅起屁股，把嘴巴伸进泉眼处，不停气地吮吸；要么蹲在泉眼边，伸长双手，合掌成勺，从泉眼处“挖”上一捧清水，送到嘴里止渴止干。等喝足了，便一骨碌坐在铺满铁线草、毛茆草的堤坝上，畅谈家事国事天下事，闲扯风花雪月儿女情，忘却了一路辛劳，忘却了世态炎凉。

花溪河畔，有个村子叫花田村。据说该村曾有位豪绅，花了九百九十担稻谷，把河两岸几公里长的数百亩稻田购为己有，并在河堤上栽种了大量的芙蓉花和杜鹃花，让花溪河成了周边群众赏心悦目的花园，更成了他与三妻六妾谈情说爱的伊甸园……

花开花谢，溪涨溪落。花溪河两岸的树还在，花还在，而曾经在河道上晴天戴着小斗笠，雨天裹着薄膜纸，站在河堤边放鸭的小女孩却把一路的风景留在河堤上，把一身的心事融入溪水中，随着时光，渺渺茫茫地奔涌着。

花溪河，我梦中的那条小溪河，疯长着相思草，疯长着……

老爸的背脊弯了

前年初的一场大病后，老爸挺直的背脊突然弯了，弯得像老家村后的山峦，弯得像老屋门后那根让父亲挑起全家人命运的紫木扁担。

我的家乡山多，起伏跌宕，一座接着一座。抑或与山有缘，我们这些山里出生的孩子，从小就喜欢登山爬山。记得在改革开放初期，各家的生活都不是很殷实，我们就会三五成群地跑到山上去采野果子解馋，采野菜提回家充饥，手捧山涧的泉水止渴。

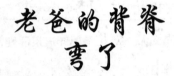

在我的眼里，老爸就是一座山。刚懂事时，每次正月里要去走亲访友，而那时的正月，十年有八年是“春寒料峭，春雨潇潇”，每条路都是一段石板路一段泥浆路。所以每次遇到坑洼路段，老爸就会走到我的身后，捏着我的小胳膊，往头顶一甩，我就跨过老爸的头顶，坐在他的厚实的肩膀上。那时，我坐在老爸的肩膀上，就像现在的小孩坐在电动摇摇车上一样，开心至极。

小时候，我最爱去大姑家，因为去大姑家要跋涉很多的山峰，跨越很多的沟壑，可以看到许多灿烂绚丽的山花，看到山鹰张开羽翼从这山翱翔到那山。同时，我又最怕去大姑家，因为去大姑家的路途实在太遥远，我每走一次，小腿肚子就要酸不溜秋好几天。让我最揪心愧疚的是，有天上午，爷爷召集全家人去大姑家，出门时，天气还十分晴朗，而等我们一步步丈量完一座接一座的山峦，穿越一座山谷时，头顶上飘过来一块抹桌布般的云朵，整个山谷就像被一只大铁锅盖住了，乌黑乌黑的。一阵山风刮过，山雨便紧跟其后，“吧嗒吧嗒”地扫射下来。老爸怕我受惊吓，连忙把我从肩膀上托举到胸前，并解开外衣套在他的头顶上呈伞状，然后弯着腰一步步地前行。我安静地躲藏在老爸的胸膛前，雨点“吧嗒吧嗒”地敲打在老爸头顶的衣服上，走了两个多小时，才赶到了大姑家。次日傍晚，灶火照亮墙壁了，我见老爸还没回家，问妈妈：“今天怎么一天都没看到老爸？这么晚了还不回家？”体弱多病的妈妈说：“回了，昨天去你大姑家，淋雨时间太长，生病了，在床上睡着。”小小的我听着，内心就颤抖起来……

在我们年幼时，母亲因常年靠打针吃药养着，很少下地干活，一家人生活的重担就全落在了父亲的肩上。父亲气力大，村里有什么搬不动、挑不了的事，第一个想到的就是他。那时候，生产队每年都要向乡里的食品站上缴生猪，有些农户家里的生猪养了两年三四百斤了才上缴，其他社员抬不动，这样的“硬骨头”，便非我老爸来扛莫属。每年六七月的“双抢”季节，为了多记工分，老爸每次从稻田里挑稻谷都是选择大箩筐，而且是一回挑两担，箩筐搭箩筐，穿梭在田间垠坝上还似一阵旋风，令村民们一个个都竖起了大拇指。

自小懂事起，我就一直认为老爸就是一座山，为了一家人的生活，他每天早出晚归，腰间一年四季都捆扎着一条米多长、时常被汗水浸染得泛黄的汗巾。

在一个冬日的下午，我吃过饭后随老爸去几公里外的一家煤矿去挑煤，尽管天上飘着冷雨，但父亲在挑着一百五十多斤的煤炭爬越一座又一座山峰后，他宽阔的额头上就像盖了个蒸馏盆，汗珠不停地往外涌，一股股白色的热气从他乌黑的发际间袅绕升起，就像他抽烟后吐出的烟气。走到一个避风处，老爸解下腰间的汗巾一边揩拭头上、身上的汗水，一边眼盯着我说：“孩子呀，这山路难走吧，但我们一定得走。你现在年纪还小，等你走出去了，你就会知道人活一世要走过多少山，越过多少坎，尝过多少苦，吃过多少亏。世界上没有人爬不上去的山，只要不愿去爬山的人。你记住了，有一天，你就会成为一座山。”那时候，我听得懵懵懂懂，云里雾里，直到走入社会，领悟了生活，才深刻理解老爸当时的讲话，用心良苦。

山高人为峰，路远脚更长。七十五年过后，老爸挺直的背脊真的弯了，但他一直都以为自己还是一座山。每次儿孙围坐一桌时，他都要挺一挺他那再也无法伸直的腰椎骨，然后手捋着白胡子说："生产队那时候修电排，要建电站，水泥要从三公里外的山脚下挑到山顶上，而水泥都是100斤一包，别人两人去抬一包，不划算，没人愿意去抬，我那时候为了多赚几个工分，便一担挑两包，一手扶拖拉机装20包，我10担就挑完了。我一个人的工分经常是比别人家两个主要劳动力还多……"每次说起这些事，他的脸上就堆满了笑容。

老爸那饱经辛酸的腰杆再也不会挺直了，但老爸挺拔的背影却似块硕大的镜子照亮在我前行的道路上。

三十年前，当我身穿水兵蓝，在大海中几十天不着陆地，被狂风暴雨颠簸得口吐黄胆水，有些懊悔时，脑海里就会响起老爸"这山路难走吧，但我们一定得走"的叮嘱。记得有天下午，我刚吐完黄胆水，舰艇指挥部发出号令，说我所负责的导弹系统某部件技术常数出现异常，需要立即调试。接到指令，我一骨碌从两尺宽的卧床上爬起来，用双手狠劲地拍打脑门，尽力让自己清醒几分，随后便投入工作之中，直到把故障排除。

2008年春节前，我和妻子约好，把多年没进城来过年的老爸早早地就请进了城。而那年南方遭遇百年不遇的冰冻灾害，我所在的小县城停水停电，成了一座"孤岛"，成了全国人民关注和支持、救助的地方。我作为负责全县宣传工作的新闻工作者，为了宣传推介好来自社会各界的无私大爱，就连除夕夜的团圆饭也是与前来支援嘉禾人民发电照明的外地工人在工地上一起吃的。记得那天晚上，等我赶回家里时，已经年过七旬的老爸马上找来一条干毛巾帮我把头顶和肩、背上的雪霜擦干净。那一刻，我又找回了年少当儿子的感觉。等我吃饭时，妻子告诉我，当天过年用的水，全是老爸从老街的水井去挑回来的。我听着，忙放下碗筷，找来酒杯，用心给老爸斟满了一杯红红的香槟酒。父子俩第一次这样一口一口地品着香槟酒，我的心情也犹如故乡村中那口山泉水，十分甘甜、暖心。

眨眼间，老爸坟冢上的青草又将在秋风秋雨中再次枯萎，而最让我回味的是老爸那弯成了堆满故事的脊梁！

老爸挺直的背脊真的弯了。

卖字去

爷爷虽未进过正规学堂，但在老家方圆走动几华里，讲起他的名字，大家都会竖起大拇指：“雄。”

从我依稀有了记忆开始，我就会屁颠屁颠地跟在爷爷后面，看他一手提着装满白石灰水的小木桶，一手攥着一把掉光了高粱须的秃头扫把杆，按照大队干部指定的位置，抬手在墙壁上“唰唰唰”地写着标语。一堵墙壁写下来后，白石灰水都会随着爷爷的手臂流进颈骨、腋下，甚至裤裆。

到了大夏天，太阳毒辣。有一次，记得是给学校的墙壁写标语，写了几十米长后，爷爷忍不住石灰水侵袭的绞痛，走了神，手中的秃头扫把杆摔落下来。自己楼梯下的村干部站着没吭声，自己责怪起自己：“真没卵用。”

爷爷那时成分高，乡里村里，只要有写字、拟对联方面的事情，他是“刀都刨不脱”，一定有份。等我深谙世事了，才知道那是乡村干部把爷爷写字、拟对联作为“劳动改造”的差事。新故相推，三十年的风霜雨雪过去，在我老家的一些旧墙上，仍可或明或暗地见到爷爷留下的“笔墨”。

那段不明不白的日子结束后，山村的天空变得晴朗了几分。

爷爷爬墙、爬楼、爬梁、爬电杆写标语的活计少了，只是在别人家有婚丧喜庆事宜的时候，才会去“露一手”。有年春节前夕，不知是爷爷手痒，还是看着我假期无所事事，等全家人围坐在炭火炉旁时，他抛出了一个令我及家人都兴奋的话题：卖字去。

爷爷说的卖字，就是去卖对联。在我们湘南一带，每年春节前夕，不管有没有钱，村民宁可少砍一斤肉吃，也要买上一副大红的对联贴到家门口，彰显喜庆。

爷爷告诉我，过年贴对联，这是一种习俗，不光是湘南一带，全国各地都有。

相传古时候东海里有一座大山，是所有鬼魂聚居的地方。山上有一棵大桃树，树枝覆盖了三千里地面，树上有一只金色的雄鸡，每天黎明高叫一声，天下雄鸡都跟着啼鸣，这时夜游的鬼魂必须返回。桃树东北方有一根弯曲成门形的树枝，是鬼魂出入必经之地。门两侧有神荼、郁垒两位天神守护，一个提着绳索，一个牵着猛虎。如果鬼魂出去危害人类，二神就把它捆绑上，让老虎吃掉，天下鬼怪都害怕他们，也害怕桃树。从周代起，人们就把神荼、郁垒的像刻在桃木板上，分挂门两边，镇鬼避邪。汉代，这种做法更为普遍。到了五代时，人们开始用联语代替画像，后蜀君主孟昶在寝宫门上写了一副对联："新年纳余庆，嘉节号长春。"这是我国最早的一副春联。直到宋代，贴春联的风气在上层社会流行，王安石写的"爆竹声中一岁除，春风送暖入屠苏。千门万户曈曈日，总把新桃换旧符"诗歌就是证明。朱元璋在金陵建立大明王朝后，他还下令除夕这天家家户户都必须张贴春联，并便装出行，沿街观赏评判和督促检查。特别是到了清朝，小孩子上私塾，都要设"课对"，专门训练写对联……爷爷绘声绘色，竹筒倒豆般跟我们讲述着。

说做就做。我从老爸那里要了二十块钱，次日就跑到镇上的百货商店买来一捆红纸、两种毛笔、三瓶墨汁和一卷用来捆扎对联的红色纤维绳。

准备工作就绪，我们爷孙两人都做起了"发财梦"。我在一旁照着爷爷的吩咐，裁纸、接纸、折样。爷爷则在饭桌上铺开红纸，一条条地撰写着。几个小时过去，我们家里的地上、床上、凳子上、碗架上，只要有空闲的地方都铺满了墨迹未干的春联，整个房间都塞满了墨臭味。

躺在床上，我一个晚上都想着一副对联能赚多少钱，一个月下来，爷孙俩便能赚回一头大肥猪的钱。次日大早，我"不用扬鞭自奋蹄"，按照七字、九字、十二字等规格，收拾好爷爷写的对联，装进读书时用过的背包，沿着山路，一脚深一脚浅地赶到墟场去卖字。吉星高照，第一次出手，卖了三十多副，回来掰着指头掐算，足足赚了一百来块钱，相当于那时老爸卖一个星期面条赚的钱。全家人都乐了。

初战告捷，我们兴趣大增。这天晚上，爷爷又跟我说："靓仔，你明天到百货商店再去买些金黄色或天蓝色的水彩回来，我把对联写好后，你再来描描边，这样的话，整个对联就有立体感，抢眼很多，好卖些，价格也会高一些。"爷爷说得有道理，我便去镇上的百货商店买回了几瓶水彩。

到了晚上，爷爷要我给对联添加"外套"，让对联像山里妞进城一样的洋气些。我虽然之前看过爷爷在墙壁上描画字体，可这次真的要"大姑娘上轿"，我先是心跳加速，继而握着笔的手，就像村里人得的"鸡爪病"，抖个不停。

刚开始，爷爷站在身边一笔一画地指导，我的描红还能勉强过得去。等爷爷到门后边小便去了，我的手就失去了轻重，把爷爷写得隽永、遒劲的字体描画成或"粗腰短腿"，或"细眼浓眉"。爷爷见后，哭笑不得，但没有责怪。

爷爷站在我身边起码有抽半根烟的时间，他仰起头，目视着窗外。我则像学生做错了事，头都不敢抬起，勾起脑袋，等着爷爷的一顿"刮"。爷孙俩沉默过后，爷爷接过我的笔，摊开一副对联，平心静气地跟我说："描绘字体，分两种，一种是全描，一种是半描。全描是每一笔每一画，四周都要勾一道细细的边。

半描是分阴、阳两面的，所谓阴面，就是在每一笔横画下侧与右侧，以及每一笔竖画右侧进行描红；撇、捺就在右下侧随笔锋大小勾描一下。勾描时，心要静，神要专……”爷爷讲得很认真，我却听得云里雾里。那天，爷孙俩又扎扎实实地忙碌了一个晚上。

时隔两天，是隔壁县一个老墟场的赶集日，按照往年习俗，那里的人贴春联的氛围很浓。我和爷爷商量，决定去那个老墟场卖字卖对联。次日清早，我背着一大包的对联上路。墟场离老家有四十多公里的路程，古墟场又地处高山腰，记得那天的天气不算好，一路走去，尽管路边的杂草枯枝都挂满了霜柱，但我的心里美滋滋的，畅想着客人抢购的情景。到了墟场，我在一家商店的窗户外，拉起一条纤维绳，把一副副的大红春联用夹子绑夹到绳子上，静候客户的挑选。时间一小时接一小时地过去，墟场上的客人除了站在对联前品头论足外，就是没人掏出“银子”带走几副。

眼看着墟场就要散墟，脚板冻成木头不说，我的肚子也“叽里咕噜”叫起来，前几次在本镇赶墟时的高兴劲像被丢进了老家村口的花溪河，不见了踪影。

车到山前必有路，柳暗花明又一村。下午两点左右，突然走来几位上了年纪的人，他们先是指着对联一番品论，有说字体写得遒劲的，有说内容大气磅礴的。经过近半个时辰的考究，他们每人买走了两副至三副。拿着收入囊中的区区二十块钱，我赶紧

贴春联

跑去饮食店，花了一块五毛钱往肚子里倒进了一碗米豆腐，暖和肠胃。

因为赶路，我没等市场散墟，就断然收拾好春联返乡。在返回的路上，好想爬上客车，可一天才卖了十多块钱，我又舍不得，没底气爬上车。走在山路上，刺骨的北风吹刮过来，耳朵钻心地痛。一小时、两小时过去，天色黑麻麻的，像一口蒸酒铁锅压在头顶。肚子则越走越饿，我的一双腿也像村民家养的老鸡婆拖着个烂鞋垫，越走越沉重。那天，我直走到灶火照亮了堂屋，才疲惫地挪回家……

人生路上处处是考场。那次去卖字的情景，真的成了我奋进路上的一笔珍贵“盘缠”。

满叔的尴尬事

掐指一算，满叔已过花甲年龄，尽管他黄泥巴埋到肩膀下了，但还未到过县城。满叔从小就命苦，还是咿呀学语的时候，老爸就撇下他娘儿俩。在苦水里泡大的满叔，嘴巴好拙，跟人讲话，像鼓，敲一下响一下。但他做人做事没得说，就像农家人刨地挖土，锄锄都要挖到底。

见满叔老实巴交的，一辈子还没进过县城，我曾再三邀请满叔到县城看一看，走一走，满叔每次都是“嗯嗯哦哦”，犹豫着。

清明节过后的一天早晨，满叔来电说他要到城里来办事，我左等右等，等到太阳偏西了，就是未见满叔的人影。打电话给他家里，电话没人接。我和妻子都心惊肉跳起来：“是不是……

万一……”

又过了一个多小时，满叔终于通过公用电话亭打来电话：“喂，是侄子吗，我是你满叔，现在步步高超市这边，你住的地方我找不到了。”我火急赶往超市门口。

远远的，我看见满叔站在步步高超市旁，身穿一套洗得褪了色的运动装，右肩上驮了一个装化肥的纤维袋，袋子装得鼓鼓的。左肩上披着一条毛巾，头发剪得短短的，我想，那一定是他种的农产品。

走近满叔，我问他为什么搞得这么晚才来。他说，其实，他一大早就进城来了，到了县城，又不知道我家住在哪里，一搜身上我给他的电话号码，又忘记带来了，没办法，他只好乘车返回家去，取了我的电话号码再返回来，所以就搞到这个时候。我听着，简直不敢相信自己的耳朵。可怜呀，我的父老乡亲！

满叔喜欢喝两杯，但两杯酒下肚后，他整个脑袋就会像冒蒸汽的“小蒸笼”，汗珠一串串地从头发间跑出来，再从额头上滚落下去。故此，不管走到哪里，他或在身上捆扎一条长帕，或在肩上披挂一条毛巾，以便吃饭时用来揩汗水、搽嘴巴。

回到家里，满叔打开他装化肥用的纤维袋，把一包包装有红皮花生、蚕豆、绿豆、金樱子等“农家土特产”的塑料袋“挖”出来，并边拿边说：“这些东西虽然不值几个钱，但他补脑补身子，营养价值不比超市货架的鸡鸭鱼肉差。”

吃饭了，见我做了满桌子的菜肴，满叔又给我忆苦思甜起来："老侄呀，还记得二十多年前一起去麻冲煤矿挑煤卖的事吗？那时是真的苦了，我挑担煤炭卖了才赚两三块钱，你那时候还小，挑担煤炭卖了才赚几毛钱，你今天这一桌子的肉菜，那得我们卖一个月的煤炭啦。要节约啦，我又不是头戴大盖帽、上衣口袋插钢笔的，没那个必要哦。"说着，他端起酒杯，头一仰，喉咙没动就直接倒进了肚子。

晚饭后，家里突然来了几位客人，床位不够，妻子去宾馆开了两间房，说是满叔第一次来县城，干脆就让他去住一次，感受一下住宾馆的滋味。我欣然应允。

进到宾馆，满叔这儿瞧瞧，那儿摸摸，说你们城里人就不晓得节约用电，一间屁股大的房间，床头是灯，床尾是灯的，床底下还是灯，照得人都分不清是白天还是夜晚了。

这一夜，我跟满叔话乡情、聊家常，坐到了很晚很晚。

第二天，我想着满叔昨晚上睡得很迟了，应该会起得迟一点，而满叔一大早就"砰砰砰"地从宾馆赶回来敲门了。我揉捏着还没睡醒的双眼，打开门。正当我开口问他时，满叔似被人追赶一般，见我一放开门，就一骨碌钻了进来。

进到家里，满叔把一兜子的东西往客桌上一放，说："老侄呀，你看我帮你拿回了什么东西，这宾馆呀，也就是怪，放那么多吃的、用的东西在那里，也不怕被人拿走了。"

“满叔，那是宾馆为客人……”我听着，哭笑不得，欲言又止。我知道，满叔一辈子没见过世面，住这般豪华的宾馆，在他来说，简直就是一种奢侈。

或许是听到满叔捡了什么东西回来，妻子也一骨碌地从床上爬了起来。走到客厅打开袋子一看，傻眼了。尽是龙井茶、八宝粥、红牛饮料、芙蓉王烟等等，“满叔呀，这些东西都是双倍……”“算了算了，小雅，他……”我见妻子要责怪满叔，忙接过话茬要妻子打住嘴，并把自己到了嘴边的话也噎进了肚里。

“我怎么了，这些东西不是送的吗？我吃不完，肯定要……”满叔见妻子一脸的不高兴，忙歪着脑壳问。“满叔，这些东西是给送的，没关系，等你走的时候带回去给你小孙子吃。”怕伤了满叔的自尊，我忙顺着满叔的话回道。去宾馆结账，我多消费了好几百。

送走了满叔，我的心底里犹似灌进了铅……

母爱深沉

母亲走了已整整二十四个春秋，在第二十五个祭日到来之际，耳边又一次次响起呼唤我乳名的声音，脑海里又时常想起发生在母亲身上的那些琐碎事，心里总是沉甸甸的。

想起母亲我就哭

看了这个题目，或许会有人笑话，都是五十多岁的人啦，想起母亲还哭？但我确确实实是这样。我哭，不是我缺乏五尺男子汉的刚毅，要知道，从南海到东海，从东海到北海，狂风恶浪一次次把我“整”得头昏脑涨，连续几天粒米未进，我没有哭；在寒冷的冬天，独自一人坚守高山哨所，历尽了种种磨难，我没有哭。我哭，是因为几十年来，我苦练在祖国边陲，欠下了母亲几十年前的殷殷之恩，永远、永远无法偿还了。母亲走了，走得好匆忙，好匆忙。

记得在部队的有年清明节，目睹广袤天地间一群群扫墓的人们，我油然想起了最最敬爱的母亲，想起了母亲在我读中学时的一天，她躺在病榻上含着眼泪跟父亲说："亮仔已两天没吃油盐炒饭了，他去学校要跑十几里山路，又经常脑壳痛，需要营养，我们没好东西给他吃，你就每天辛苦点，给孩子炒点油盐饭……"想起母亲疼儿的心里话，我的心犹如针在锥刺。那夜，我哭了，哭声惊醒了酣睡中的战士小储。次日，当我独坐窗前，耳闻营区外扫墓人燃放的阵阵鞭炮声时，我又长叹一声，然后道出一句"清明时节泪纷纷，路上行人欲断魂"的感慨。聪明的小储听见了，忙答话道："班长，我总算读懂了你昨夜的哭声。"

三年前的那个中秋之夜，当兄弟姊妹都围坐在散发着香喷喷滋味的饭桌前恭候父亲入席时，父亲却伫立在家门口，仔仔细细地擦洗着家门口那块"军属光荣"红匾。我见父亲擦得那么投入，忙叫道："爸，先吃饭吧，等会菜都凉了。"一连叫了几遍，爸爸都没吭声。半晌过后，爸才从嘴里挤出一句话："这光荣牌，你母亲整整擦了十多个中秋节，只可怜……"不知是父亲说话的声音渐渐变小了，还是我的心里倏然间灌满了铅，我再没听清父亲往下说了些什么话。吃完团圆饭后，我悄悄地问小妹："往年，妈也真是这样吗？""是的，你去当兵的那些年，每年中秋节，妈妈总喜欢站在家门口的那棵菀粒树下痴痴地等你，盼你，等到太阳落山了，她就端一盆肥皂水去洗擦门口挂着的光荣牌。只是母亲她今晚……只是……只是……"小妹说着，眼里也噙满了泪。中秋之夜，我又哭了。

去年父亲去世前，拽着我的手说："虽然你有出息，是单位上的人，但你母亲最牵挂的人是你……"听着父亲的话语，我又心疚地涌起了泪水。

母亲离开我都有二十几年了，想母亲时，我到底悄悄哭过了多少回，无法记起。只是我觉得，哭，对我来说，确确实实是一种感情的解脱，一种对母爱的回报。

把手伸给母亲

翻开人生的记事簿，自我懂事起，第一次主动把手伸给母亲，是在二十年前母亲临终的四十八小时里。那是过大年的前三天，医院外，大街小巷都响起了小孩开心过年、摔打纸炮的"噼噼啪啪"声。

记得那天中午，当我把热饭热菜送到母亲的病榻时，母亲用一双茫然的眼睛直直地久久地盯着我。我问母亲是否有话要说（她因为中风后无法说话），母亲只是摇摇头，随即从被窝里挪出一只手，示意我坐在她的身边。我迅疾坐了过去。没等我落座，母亲把那双长满老茧、青筋毕露的老手慢慢放到了我身上，继而缓缓抚摸。目睹此情此景，我立刻用双手把母亲冰凉的双手捧在胸前，祈望全身的热流能快速传递给母亲。

一分钟、两分钟……十分钟，母亲冰冷的手掌渐渐有了暖意，她的眼睛里也噙满了泪花。望着母亲从眼角纷纷滚落的泪滴，我的视线模糊了——

是呀，几十年来，孩子走南闯北，曾把双手伸给过同学，伸给过战友，伸给过老师，伸给过县长，伸给过将军……然而，却唯独没有把手伸给过生我养我、曾牵着我的手教我走路、牵着我的手第一次送我走进教室的母亲。

令我至今难忘的是四十五年前，一个雪花飘舞的冬日。我跟母亲去菜地里拔萝卜，拔着拔着，我的身体颤抖起来："妈，我的手都冻麻了，要断了。""叫你不来，你非要来，手都冻成红萝卜啦。活该吧！"母亲一边嗔怪，一边解下包扎在她头顶的防风帕，帮我把小手包裹起来。而母亲，因长时间受凛冽北风的吹刮，她的习惯性偏头痛病，到了晚上又发作加剧，躺在床上翻转不停。听着母亲时高时低的呻吟声，我幼小的心灵里塞满了愧疚。那夜的情景，叫我在人生的旅途上，不知有过多少回的失眠和泪奔。

时光的隧道，前方总挤满着光束，三十五年前的记忆仍旧鲜活在我的脑海。记得在我胸带红花、即将奔赴南疆边陲的那一刻，母亲推开人群，用她那双还比较圆润的手，像捧着我幼时的脸蛋一样，帮我梳理头发，理顺衣领，酷似一位首长送别即将离队的战士，目光里奔涌着种种甘甜与喜悦。

投身火热军营，我把对母亲的思念化作奋进的核能，把梦想努力变成现实。每次，当我把成长路上得到了身边无数母爱般的关怀和扶植的消息告诉母亲时，母亲总是感谢不尽，老泪纵横……

记得又过了两天，母亲进入弥留状态，但还睁着那双眼睛直直地注视着我。这时，善解母意的小妹提醒我，说："哥哥，你回去穿上军装，再让母亲看一看，摸一摸，她就会……"妹妹的点拨，让我如梦方醒，随即飞跑回两公里外的家中，换上一套崭新的军装。当我穿着整齐的军装跪到母亲的身边时，母亲果然又把手移了过来。只是当我再次把手伸给母亲时，她却心满意足地永远闭上了眼睛……那天，我久久没有松开母亲那双竹竿般的老手，祈盼母亲还能像幼儿时牵着我的手……

眨眼间，母亲已离开我整整二十五年了，但母亲拽着我双手，安心、满足离去瞬间的情景，却让我回味一生一世！母亲走了，我再也没法牵住她的双手，可母亲牵着我的手，伴我成长，教我在人生道路上如何去战胜困难、迎接挑战的教诲声，却像老家小学的上课铃声，敲打着我的灵魂，敲打着我的每一根神经，教我自新，催我奋进。

我还不起母亲的十块钱

今年清明节那天，当我跪在母亲的坟前，挪着颤抖的手给母亲焚烧纸钱时，我的耳里瞬时响起了母亲三十多年前说的一串十分朴实而又令我终生难忘的话：“孩子，你去外地学东西，需要钱，我这有十块钱，你先拿去，等你有钱了再还……”想到这，我的心像给雷击了，喉管里噎满了愧疚。

那是 1990 年春节后的一天，我去北京学习，要离开家乡时，母亲似有千言万语，把我送出村口差不多一公里，然后，从裤袋里掏出一个泛黄的薄薄的塑料袋，说要给我十块钱，我不肯收。她却很坚决，并一边说一边打开塑料袋，塑料袋里还有一个青布袋。母亲从青布袋里头“挖”出十张一元的票子，脸上堆满了笑容，堆满了期望。我接过那仍带着母亲体温的十块零钱，一阵心酸，泪水即刻像断了线的珍珠，从脸颊滚到衣襟，又从衣襟滚落到故乡那片温馨的土地上。

少年读书时，我因犯有头晕症，家里又买不起营养补品，母亲就每天起早给我炒油盐饭吃，并常常教诲我：“只要好好读书，听老师的话，以后就会有出息”那时，我只是听到耳里，并未记在心上。只是有一次，母亲一连病了好几天，卧床不起，她便再三地吩咐爸爸，一定要给我炒油盐饭吃，母亲边说边用袖子揩着眼泪。我听着听着，母爱也深深地刻在了我幼小的灵魂。

刚读中学的那年，因为家境贫穷，我面临辍学，以致终日耷拉着小脸，魂不守舍。母亲见状，心如刀绞，于是，便忍痛割爱，把家里两只用来维持日常生活零花钱的下蛋老母鸡，拿到市场上卖掉了，可学费仍交不齐。在无可奈何之下，母亲又不顾自己经常患有头痛头晕的痛苦，把身上仅有的用来购买防风头巾的十多块钱也垫了进去。

回望当年岁月，十几年火热的军营生活，使我走上了笔墨耕耘之路。为求学，我的经济生活一直处于拮据状态，但我仍始终牢记着母亲“要好好学点东西，将来有用”的教导，秉承鲁迅先生“把别人吃馍的时间也拿来学习、写作”的精神，长年累月，博览群书，笔耕不辍。最后，在近两年时间，就先后在全国十几家报纸杂志上刊登了作品。遗憾的是，在我准备佩戴着闪光的军功章回去给母亲报喜时，母亲却已驾鹤西去。

那年春节，我戴着我的第一枚军功章来到了墓冢前，仿佛母亲正笑盈盈地站在我身边，抚摸着我胸前的军功章。啊，母亲！我最最亲爱的母亲！您为何不看一眼孩儿的军功章就走呢？我知道，我的军功章里也有您的一半呀！

二十多年眨眼而过，尽管我拥有了不少的财富，但我欠下母亲的十块钱，是真的还不起，直到永远……

山里牯

古人云：母亲在，家就在，父亲在，天不塌。自从父母均远走后，我回家乡的时间便渐渐变得少了。初夏时节，趁着雨霁过后的清爽，我踏上了久违的故土，撷取存留在故乡的点点滴滴。

山村记忆

孩童时期的记忆是最刻骨的，每个人对家乡的记忆是最纯真的。

我的故乡，村中央有口岩泉，村民挑水、做饭、洗衣，全用它。站在那口清澈透底的泉水边，俯视着井底下在青丝水草间自由穿梭、嬉戏的几条鱼儿，我又想起了三十多年前的快活情景：一到夏天的夜晚，村里的老男人和小伙子就会趁着夜幕，手提一只木水桶，肩披一条长毛巾，身穿一条大短裤，哼着小曲，或吹着口哨，来到井水边，抢占一块地盘，打满一桶井水，提高到头顶，往全身一冲，流水“哗啦啦”，一个个都爽快地尖叫起来。

我的家乡三县交界，三省通衢通商，自古以来就是兵家必争之地，因四面环水，古人称之为“五马归巢”。明清时期，曾是太平天国义军的驻扎地，红军长征也曾在这里宿营。前些年，有村民在给房屋下基脚时，还挖出了一大捆红军曾经使用过的步枪。

家乡因地处偏远的山窝窝，交通不便。我在十六岁之前就没走出过山外，但山里娃有山里娃的乐趣，且许多都深深地刻进了心底。

孩儿时，我和牛仔一群小家伙要么找些旧书报折叠成一个个三角形“青蛙”、四方形“禾桶”等形态各异的纸板牌，甩开膀子往地上打，谁的纸板牌被打翻了，谁就输了。记得有好几次，我是连自己的作业本都几乎输完给了牛仔他们，最后，挨了母亲的几块“仔姜印”（手巴掌），焦痛了好些天；要么到村口挖一坨红泥巴，找些水，没有水，就憋出些“童子尿”，揉成小泥团，做出蘑菇状，往地上一摔，看谁的炸口大，谁就是赢家。若是谁炸输了，小伙伴就要到他的脸上打“花脸”。夏天，“花脸”没地方打了，就你追我赶，奔跑到村口的小溪或鱼塘边，“扑通扑通”地跳下去洗个澡；冬天，“花脸”没地方打了，就脱下外衣使劲往脸上搓，搓得一张张小脸都像夏天村口即将成熟的小蜜桃……

小时候，玩得最多的是“抓特务”，整个村子都是我们的“战场”。村里有座古祠堂，每天都有小屁股钻到祠堂，召集两拨人马，一拨扮演敌人，一拨扮演解放军，开展“你死我活”的火并游戏。扮演解放军的要先走出祠堂大门十分钟左右，等“敌人”钻进角落里，不见人影了，才能冲进祠堂找寻“目标”，谁找到一个，谁就赢了。一队人马全部找到了，再重新来。有一天下午，一位叫家国的小伙伴，不知是身体欠佳，还是玩得太辛苦，躲藏起来后，等大家都回家了，还不见人影。见堂屋灶火都照亮墙壁了，小孩还没回家吃饭，家国的父母急得眼泪唰唰流。跑来问我，我一五一十地告诉他们：“国仔下午是和我们在祠堂里玩抓特务，但后面就没看到了。”家国的父母听完后，马上召集大帮人员拿着手电筒赶到祠堂进行“拉网式”寻找。楼上楼下，祠堂里外的每个角落都找遍了，仍不见小家国的人影，家国的母亲心头一紧，便蹲在祠堂门口“哇哇哇”地哭了起来。村民们一边劝慰家国的母亲不要心急，一边更加仔细地搜寻。最后，还是家国的满叔爬上祠堂的戏台顶上，发现了小侄子正趴在瓦砾间熟睡的身影……

明清时期，或许是村里最辉煌的时期，村民建房都以堂屋居多。一间堂屋住着几户人家，每户人家的门口都搭建了前后可以架起两口鼎锅的灶台。每天一到做饭做菜的时候，整座堂屋里就会响起“噼噼啪啪”的柴火炸节声和“叮叮当当”的锅铲炒菜声。

堂屋窄小，排气不畅，整座堂屋一时间都灌满了浓烟。我家因为人多，做饭做菜时消耗的柴火也多，父亲利用别人午睡时间从山上挖回来的野木树蔸经常是供不应求。而每次做饭做菜时，一遇到柴火快熄灭时，母亲就唤我乳名，要我拿苎麻杆当吹火筒，对着灶台口狠劲地吹风。有时浓烟从灶台口反扑出来，我经常会被浓烟熏得像个煤矿工人，整个脸蛋只有眼珠子在转……现在好了，村里的绝大多数人家都用上了液化气灶，煮饭做菜，按钮一转，蓝色的火苗就会“扑腾”一下跳出来。

村口有座古凉亭，曾是我童年时期的“欢乐谷”，一条一米见宽的小溪，环绕凉亭，一年四季流淌着清澈的溪水。一到夏天，我们几位同龄的小伙伴就会到侧边的水田里撮些泥巴，捧到溪里，把溪水堵起来，等水漫过我们的肚子眼时，大家就争先恐后地从溪边跳下去，学游泳，打水战，乐不思蜀。到了秋天，天气放凉，见溪里的储水口，有不少的鱼儿在水中穿梭，我们就把上游的水源撇开，在下游拦一河坝，防止鱼儿游走，搞一次“瓮中捉鳖”。用脸盆和木桶狠劲把小溪里的储水一桶桶、一盆盆地舀走。溪水快舀干时，溪里的鱼儿就会浮出水面，横冲直撞，似乎感受到了“世界末日”。见马上就要有收获，我们的劲头也更足，手中挖水的盆和桶也不觉得累。等水都舀干了，鱼儿只能“束手被擒”，让我们带回家去邀功请赏，美食一餐。

山村人物

记得在我读中学时，到镇上去读书，同学们都笑话我们是“岭边牯”。有同学还编出顺口溜：岭边牯，吃红薯，一年四季没米煮。说实话，当时我听着，有些在意，也曾在心底里嘀咕：“岭边牯、岭边牯，说不定哪天你们还没有山里牯好过。”

发生在故乡的事情，不管大小，都是新鲜的，都是上心的。早听说儿时同穿开裆裤长大的小伙伴牛仔家新起了三层楼房，我心里痒痒的，总想着要一睹为快。

来到牛仔家门口，我一脚刚踏进门槛，牛仔的媳妇就手拿着一双泡沫拖鞋、一双塑料拖鞋，笑眯眯地问道：“老叔，回来了，稀客。您看换哪双拖鞋穿？”“哦，随便吧。”换上一双洁净的拖鞋，我自个儿环牛仔房子里转悠了一圈。房屋地板全是透亮的瓷砖，没有丁点的尘土；每个卧室里都配有卫生间，房门窗户都用不锈钢制作；厨房里用的是煤气灶，灶上挂的是抽油烟机等，整间房屋亮堂堂的。

回到牛仔的客厅里，其媳妇给我端上来一杯浓茶，没等我把茶端到嘴边，牛仔媳妇又面带暖色地说：“老叔，我晓得你们单位上的人会养生，会保养，所以给您泡了一杯熟普洱茶。”听着牛仔媳妇的话语，我心里确实比杯中的茶水还暖心。

“小老叔，今天有空回来。怎么样？三十年河东，四十年河西，没想到现在我们这山窝窝里也不比城市差了。”牛仔听到我的声音，身着一套笔挺的西装从卧室里走出来。在回乡之前，我曾打听过牛仔的状况。他现在镇上的一家民营企业做技术活，专门负责厂里的机械维修，每月的基本工资 8000 元，加上加班补助和年终奖金，一年的收入都在 10 万元以上。他老婆、孩子的工资也不菲，全家人一年可拿到 20 万元以上。

“牛仔老侄呀，你现在可真是‘鸟枪换大炮’，一年一个样啦！”牛仔话音刚落，我便羡慕地回道。

“是呀，谁也不会想到我们这些‘山里牯’也能像城里人一样过上安安稳稳的小日子啦。”“哈哈，你这哪是小日子喽？你这是高标准的小康生活啦！”

等牛仔起身去厨房添加茶水，看着五米之外立在长形酒柜上的高清有线数字电视，我又回想起了三十多年前冒着雨雪，给家里撑电视天线杆的情景。

快要过年了，爸爸咬紧牙关，用辛辛苦苦卖炭赚到的八百多元钱买回了一台黑白的熊猫牌电视机。电视机有内天线，可接收信号的功能不强，经常是电视机变成收音机，村民便每家每户竖起一根电视外天线，作为电视信号接收器。

电视外天线工艺很简易，首先找些铝管或不锈钢管（有钱人家用铜管）绑成“丰”字状，焊接一根电线通往楼底下的电视机，再把发射盘捆绑到一根三至五米高的木杆或竹竿上，竖立在楼顶或二楼的窗户边。外天线有大有小，有高有低，那个时候，每家每户房屋顶上的电视天线接收杆，便成了农村里一道独特的山村风景。

我和哥哥见爸爸买回了电视机，心急得很。那天吃过午饭后，为了能尽快地看上电视，我们冒着寒冬刺骨的霜雪，一会借来钢条锯锯铝管、找竹竿，一会从楼顶拉扯连接线等，手脚冻麻木了，跑下楼去烘烤一下，再返回楼上继续操作。令我无法忘却的是在准备竖立天线接收杆时，因我体力不支，在哥哥绑定竹竿时，我小手一松，天线接收杆“吧嗒”一声，从楼顶上摔到了楼脚下，辛辛苦苦几个小时做成的天线接收杆摔成了“断杆”。我勾着头，任凭哥哥“死猪”“木脑袋”地骂个不停。

行走在家乡宽敞的水泥路上，我每走一步，都似乎感受到了不一样的农村生活。这不，迎面而来的是曾经和我家住在一墙之隔、比我大十多岁、开着一辆残疾人电动专用车的“光头大哥”。他老远就“亮仔老弟、亮仔老弟”地叫个不停。

光头大哥曾经是个标准的美男子，身高过人，浓眉大眼，而且还是村里的“武教头”，耍狮子，他耍狮子头；舞双龙，他举龙头棍，平日里，拳脚一伸，地皮在抖。遗憾的是他出身地主家庭，那个时候，地主子女是没人敢嫁敢娶的。最后，等到改革开放以后，才找了个二婚女子成了家。前几年，等小孩都成家立业、家里的小日子过得宽松一点时，他又患上了一种奇特的疾病，双腿永远不能站立行走了。现在他的三个小孩，一个从政，两个经商，两口子过着令村里人羡慕的小康生活，吃穿不愁，每天都是驾驶残疾人电动专用车在村子里转悠，或给青年人讲古论道，或给村里人讲时政新闻等，日子过得十分惬意。

光头大哥把电动车在我跟前定住后，仰起头笑着问："现在村里条件这么好了，你退休后，也要回来起间房屋，住一住吧。"说者无意，听者有心。我没有立即回答，脑海里即刻想起了四十年前自己家里的生活场景：一家六口人挤在一间不到三十平方米的木板房里，床头边放尿桶，碗柜下养鸡鸭；一到下雨天，就要找大盆、小桶去接漏；家里来了客人，我们小孩子就只能站到堂屋外去"打游击"……真是苦不堪言。

"是呀，退休了，回家来住，比城市里还舒服些，村里空气好，冒得污染；喝水也不用磨担子，有自来水了；吃的蔬菜也不会有农药……"见我没有及时回话，站在一旁，头发花白的叔娘，挤进人群，掰着指头，插上话来。我站在乡亲们中间，聆听着。

山村场景

乡情是最浓厚的，就像母亲在端午节、中秋节包的"枕头粽子"，长长的，大大的，吃在嘴里，香酥可人，吞进肚里，让人一辈子回味无穷。

中午时分，老庚彬彬拽着我一定要去他家吃顿饭。他家住在村口的水塘边，门口有一块水泥坪，水泥坪前还有一排绿化带，其中有一兜枇杷树、一兜香樟树、一兜枣子树，树下还种有一些从山上挖来的野生花草。老庚彬彬的家，住的还是20世纪八九十年代建的红砖青瓦房，但房间内整理得很整洁。

或许是人的秉性使然，同龄人坐在一起，总喜欢回忆过去。坐在老庚彬彬家里，我们很自然地谈起了在生产队时一起出工赚工分的许多事情。那时，他家穷，我家穷，我们同病相怜，都有种“穷人家孩子早当家”的勇气。初中还没毕业，我们个子还没锄头把高，就学着大人们样子，一到星期天，就跟着队伍出工做事，莳田、除草、插红薯、摘茶子、挑大粪等。生产队的干部见我们人小但做事情蛮认真，也每天给我们记了四分的工分，相当于妇女劳动力的一半。一年下来，也可以给家里增加几百分的工分……

等我们天南海北地坐聊了几个时辰后，老庚嫂从厨房里端来了土鸡汤、红烧猪脚、神仙狗肉、油爆子南瓜等几大碗沁着清香的菜肴。老庚彬彬起身说：“我们俩老庚今天就不喝‘烧滗光’（米烧酒）了，喝点红酒，冒得甲醇，活血健身，对人体有好处些。”老庚说着走上酒柜，拿出一瓶红酒，随即还拿出了一个电动开瓶器，摁住红酒瓶盖“滋滋滋”就打开了。

见老庚家工具齐全，开瓶技术娴熟，我调侃说：“老庚呀，你现在是不是在做红酒生意，工具这么齐全？”

“没有，我们‘土包子’一个，还做红酒生意，你就别呸我了。不过，现在我们农村人也学会喝红酒了，喝红酒软化血管，养身些，你我都是‘一大爪子’的年纪了，管好身体也是对国家、对家庭、对社会做贡献了。你是才子，我说得对吧。”老庚彬彬一边给我倒酒，一边伸出手掌比画着。我听着，心里自愧不如。

家乡的山、家乡的水、家乡的人，都宛若老母亲过年时做的糯米甜酒，清醇、亲和、亲切。

时过境迁，都市在变，山村也在变。以前离开村子百米远的古凉亭边，也建起了一栋三层高的小洋房，楼房下开了一家小超市，超市门口摆放着两台儿童电子摇摆车，几位穿着时尚、不知姓名的村妇正陪同孩子娱乐。据说，其中一位还是从县城嫁到村里来的。我问随行的一位同族小侄子：“这是谁家人办的？”小侄子告诉我：“这是县里来办的，叫什么‘万村千乡惠农便民超市’吧，听说每年都有补贴。东西很多，从早开到晚，平常我们要买点小日用品就不用到墟场去买了，很方便。”我没有走进超市，而是径直钻进了超市隔壁的老同学雄峰家里。记得当年我和雄峰都是班上的佼佼者，书读得可以，爱好又广泛，常受到老师和同学们的赞赏。只是雄峰懂事早，小小年纪就与隔壁村里的一位美少女比翼双飞，缔结了良缘。

当时，我还真有几分嫉妒。见我到来，雄峰的妻子马上将我迎进她家宽敞的客厅。

客厅里，摆放的都是些上了档次的家私，大马力的格力空调、大屏幕的高清数字电视、紫褐色的梨花木沙发等，茶几上还摆放着一套品茶工具。墙壁上挂着一幅国画“八骏图”和一幅毛泽东的诗词书法条幅等，整个布局显得有几分的雅致。

听到我的声音，雄峰立马从卧室里赶了出来。“哟嘿，老同学今天有空回家来看看？好久不见了，怎么样，还是有变化吧？”

“有变化，有变化，变得我走在村子里都要问路了，来你家都不知道该往东往西了。”我感慨地答道。

“确实是，现在搭帮政策好，我们这死地方才会有发展。说实在的，现在呀，只要你不懒、不傻，吃得了苦，找点事做，一年在家里赚个几万块钱是件很容易的事。”雄峰深有感触地陈述着。

“那你现在都做些什么事？”我好奇地问。

“靠互联网吃饭。现在这世界，可不像早些年，‘撑死胆大的，饿死胆小的’。你肚子里没点水平、没两下子，就连西北风都冒得喝。我现在是在互联网上帮企业拿订单，收取劳务费，每月赚个几万块钱，应该没问题……”说起生意经，雄峰口水在喷，手舞足蹈。而我，则听得云里雾里。随后想起了清代著名诗人杜牧的“借问酒家何处有？牧童遥指杏花村”的情景来。

山村物语

望家乡路远山高，闻爸妈梦里相告。故乡的村口有条古栈道，铺满了青石板。三十多年前，我踏着青石板走出了山窝窝，但我的脑海里却终身走不出山窝窝里的人和事。我站在村口的某制高点上远眺，山外的天际蔚蓝、蔚蓝，山里的清风撩人心坎。远山上，绿海茫茫，父母的坟冢旁长出野花束束，似笑靥，映红山涧；似挥手，为我指向导航……

故乡的情，故乡的味啊！回到久别的故乡，尽管村口鱼塘边悦耳的鸟啼声可以让我放下我的心身疲惫，但平静的湖水却早已照射出我思亲的眼泪！

时光隧道

时光是条追梦的隧道，前方挤满了追忆光束，五颜六色；时光是条七色的彩带，缠绕情爱，舞动奇迹，在广袤的天地间描绘出了粗细、浓淡不一的五线谱。

鸟路

镇上到我的村庄，原来只有一条路，这段铺着麻石板，那段铺着石灰岩石板，没有石板的路段两边铺着铁线草，长着毛蒐草、野韭菜等植物，路中间则是揉捻的泥巴，几公里长，自西向东，盘旋着伸进我的老家。自从有记忆起，这条路，就成了我向往山外美好生活的一种寄托，装进了心底。

四十多年前，我们村的人都叫这条路为“鸟路”。

据说，远古以来，在通往我村的这条山路两边，长满了紫木树、颗粒树（音名）、棕榈树、油桐树、杉树、枞树等，不管春夏秋冬，道路两边都是森林茂密。树丛里，挂着许多鸟窝，老鹰、麻雀、黄鹂、布谷等鸟之家族，常在路旁的树林里嬉戏打闹，整天叽叽喳喳，把沉寂的山谷闹腾得像座天堂。山路的旁边，有条小溪，溪边垂柳的枝叶吻着溪水，到了春秋季节，白色、黄色、粉红色的芙蓉花盛开在溪边，似一张张村妹子灿烂的笑脸。在河溪的一个拐弯处，有口清泉，泉水从石缝间涌流出来。村里人出山进村，挑着担子走累了，就会在泉水旁停下脚步，歇口气，喝口水，扯谈些风花雪月之事，放松一下心情。日子久了，进出我村的人们，便把这条路喻为“鸟路”。

在20世纪那个“大炼钢铁的时代”，这条“鸟路”两边的树木都成了大炼钢铁的柴火，山地被垦成了一块块的菜地或一丘丘的稻田，几里长的山路两边便成了空旷旷的田野，种稻、种烟、种菜、种苎麻等，村民都在这片肥沃的田野上欢快地生活着。

到了改革开放初期，村里人为了把山货运出山去，便从“鸟路”对面的田野中间开挖出了一条机耕道。刚开始，机耕道的路面铺了碎石和泥沙，村民进村出山都走机耕道。慢慢地，随着进出车子增多，特别是那些进村拉货的车子，经常超重超载，路面被碾压成了洼洼。而村里又没有钱去填补，路面有些地方便成了水池，时常还有车子陷入其中，前去推抬的群众常被飞转的车轮溅得一身是泥，叫苦不迭。特别是到了阴天久雨季节，路上的泥巴被村里人踩成了揉筋砖瓦泥后，很多村民的鞋子就会踩进去，扯不出，有的甚至会被扯断鞋跟，扯烂鞋面……

记得二十年前，我从部队回乡探亲，天还没亮，就到了镇上的车站。从车站往家乡赶，道路上泥淖成渠，每走一步都像村夫下秧田，皮鞋成了雨鞋，我身上还背着三个准备回乡犒劳亲朋好友的大礼包。摸黑走在那条熟悉的回村路上，我真的想把从部队驻地带回来的几大包土特产丢在路边的菜畦里藏匿起来，可又放心不下，怕等天亮后，给菜地主人或行人发现后，捡了去。最后，只能咬紧牙关，像鸵鸟一样，背着几个大礼品包一步一步地往村里赶。行走在回家的路上，我的嘴里还在不停地咒骂着："这'鸟路'、这'死路'，什么时候才能走到尽头，才能变成柏油路哟？"……回到家里，我整个人就像在部队搞了一次长途行军，汗水浸透了全身，累得连话都不想多说。

时光像村口的溪水一样溜走，进村的"鸟路"也在一年年的变迁，开始由泥巴路变成了泥沙路，再由泥沙路变成了水泥路。前些日子，听村里人说，进村的公路不仅全部进行了加宽和硬化，而且，在道路的两边还安装了太阳能照明灯，一到天黑，就会自己亮起来，漂亮得很。一个橘红果香的秋日，我携妻带子又回到了久别的故乡，车子穿行在进村的公路上，我的心情也似车窗外的田野开阔明亮。

回到家里，从小一起玩“过家家”的老庚嘉华跟我说：“还记得我们三十年前挑煤去墟上卖的时候吗？”我不假思索地回答：“怎么不记得，每天一大早就炒一大碗油爆饭吃了，然后，翻山越岭到煤矿买一担煤炭，再挑到墟场上去卖了，每天赚个三五块钱的差价，心里还高兴得不得了。”“哟嘿，你还记得，看来，你还没忘本啦。”嘉华的妻子见我们聊得尽是兴趣，端着一盘水果也笑盈盈地搭上话茬。

交谈中，嘉华比画着指头告诉我：“虽然我们村子偏远了一点，但现在村里人可不比城里人的生活条件差，不说家家户户都建起了新房，起码有百分之八十的人家住上了新房。每次到墟场去赶墟，除了几个坐不得车的老人家外，村里人要么坐摩托，要么坐汽车。据村里的干部统计，从去年到今年，我们村子里至少都购买了三十台小轿车，过两年呀，恐怕又得加宽马路了。”

“老庚呀，我现在都想回村里来住了。村里空气新鲜，井水甘甜，蔬菜环保有保障，出门也不用脚下泥巴沾裤腿，一年四季穿套鞋了。”看着嘉华得意的样子，我也顺口把心里话倒了出来。

离开嘉华家里，我来到了曾经咿呀学语的老学校旧址，在一条长长的宣传橱窗上，高高地贴着这样一行字：要想富，先修路；要想强，抓教育。目睹着这么简单的几个大字，我在心底里默念了好多遍。随后，我站到了村口的一个制高点上，抬头望去，只见环抱村庄的绿茵茵的山地间，一条新修的环山大道似条巨龙穿梭在蓝天白云下面。陪同我闲聊的一位村干部告诉我：这是村里为下一步搞山村旅游开发新修的一条标准化公路，或许在三五年之内，我们村将会成为全省有名的旅游景区。

听着村干部的解说，我的心也随山地间的公路延伸到更远更远的地方……

电排

在我家乡的半山腰上，有条曾经遍插红旗，让家乡人自豪、给我幼稚的灵魂留下烙印的废弃的电排。

电排，是 20 世纪 70 年代的产物，多选择建在水库、山塘或溪流边，其功能是引水向高处，抗旱保丰收。电排，由电站和排水渠两个部分组成。电站一头连接水泵，伸进水库里吸水；另一头连接水泥管道，利用高压分几次提升，将水推送到半山腰的储水池，再流进从西向东延伸的排水渠道。那时的渠道不像现在是“凹型槽”，三面光，它是依山而建，只有靠外的墙才是用石块和混凝土构筑而成。地势陡峭的地方，堤坝修建得像城墙。整条水渠就像抗战时期的战壕，不放水时，人们可以通过渠道从山这边穿行到山那边去。整个电排有三五米宽，从电站的一端笔直爬上一百多米高的地段后，再经过一个几百立方米的储水池，由西向东，似条巨蟒川流在山腰间。

我的家乡原来叫高峰大队，现在叫高峰社区，顾名思义，地势高耸，地理条件较差。但在 20 世纪 70 年代，我们那穷山窝，却是“农业学大寨，工业学大庆”的榜样。记得在我懂事时，每次跟随父母亲去公社驻地赶墟，都要穿过好几个村庄，而在这些村子大路边的房墙上，就随处可以看到诸如“大干快上争上游，引水保粮学高峰”之类的宣传标语。看到这些，小小年纪的我，总觉得脸上有光。

我们村子坐落在五座山头的洼地处，先贤们喻之为五马归巢。在我刚来到这个世界时的 60 年代，因海拔高于全公社，水源又充足，乡村干部们便在我们村的东北面，筑起两条拦水坝，兴建了一座占地两百多亩的小二型水库，取名高峰水库，不仅让全乡一万多亩稻田成了旱涝保收的吨粮田，而且，还为全乡开荒造田一万多亩。

当时，公社要在水库西北面修建电排，不仅是因为“农业学大寨”，改天换地的时政所需，而且，还因为我们村的良田都被水库淹没了，耕地减少，影响了粮食生产，公社领导觉得给我们村兴修一座电排，既可挖山造田，给村民一个交代；又能争得上级的创先荣誉，实乃一举两得之事。于是，举全乡之力，挖方填土，开山凿石，用一年多的时间在水库东北面的山川间兴修了一条三四公里长的电排。

修电排，首先要建电站。我们村的电站就建在水库北边的一片油茶山上，主要用于从水库抽水引上高山。

建电站需要用水泥、钢筋来浇铸基脚，兴建工作间。而当时，通往电站的方向没有公路，所需的钢筋、水泥全靠人工挑和扛。我的父亲，被村里人称为“大力士”，他虽然个头不算高，但筋骨扎实硬朗，凡是村里人搬不动、挑不起的东西，村民都会油然地想到我的父亲。

建电站所需要的水泥，都堆放在两三公里外的山脚下，每包水泥都是 50 公斤的重量，按照当时的施工要求，水泥从山脚挑上来，不能随便拆开，必须一担两包，完整地挑到电排上。那时，还是生产队记工分，挑一百斤上去，记工分 2 分。为此，村里的许多壮汉都是“望洋兴叹”，感慨万千。

我家人多劳力少，父亲为了多记工分，常常是利用别人中午休息的时间来加班做事，付出了别人双倍的努力来补偿家中缺乏劳力的“短板”。记得那时，我家有一根挑起全家人生活希望的扁担。它是用山间杂木制作而成的扁担，椭圆形，两头尖，三尺多长，不知用了多少年。或许是长时间被我爸爸使用，扁担从头到尾都是光亮亮的，像涂抹了一层清光油漆。自从电排开工后，我老爸便每天中午扛起扁担，扎上两条手指粗的棕榈绳或苎麻绳，穿着一双褪了色、露出两根大脚趾头的解放鞋，兴冲冲地往目的地赶去。到了星期天，我和哥哥也要跟在父亲的背后，挑着一担小竹筐，一次次地运送河沙、碎石。

父亲挑水泥上山的路径，要经过两条河，跋涉三座山，特别是跋涉一座叫吹笛圭的山峰时，一条狭窄的石板路在山坡上蜿蜒盘旋着。每次出门，父亲腰间总要捆扎一条一米多长的毛巾，用来揩擦汗滴。父亲挑着两百斤重的水泥上路后，低着头，憋住气，一步一个脚印地往前蹬着。到了上坡地段，父亲豆粒般大小的汗珠从额头上摔落下来，砸到青石板上溅起了浪花。实在累得不行了，父亲才会选择一块路面较宽敞的坡地放下水泥休憩一会。记得有很多时候，为了节省时间、多挣工分，父亲还把赶路的时间当作休息，采用“车轮战术”，即挑一担，往前走几百米后，停下，再倒回去挑另一担，反反复复，像蛇蜕皮一样，一段段地往前赶。据村里人回忆，我们村当年修电排所用的几卡车水泥，基本上都是父亲用他那长了肉坨坨的肩膀一步步磨上去的。

我村的电排修在离水库有一百多米高的半山腰上，下面是大片的旱地或稻田。记得在兴修电排的那段时间，沿途都是红旗招展。电排上端的抢眼处，立着“高峰人民立壮志，敢教日月换新天”的巨幅大字。在电排的修建现场，从全乡抽调来的那些五大三粗的青壮年人，十来个人一组，每组相隔三五十米远，每组的地段上都要立一面用竹竿撑起的大红旗，旗上都书写着“某某村民兵突击队”“第一生产队青年突击手”等字样。在每组的工作现场，有的手握钢钎，人们有的挥舞铁锤，或垒砌渠坝，或挖土回填，或抡锤劈石。电排线下，男的女的，老的少的，有的在旱土上改稻田，有的在菜地里施肥、播种庄稼。放眼望去，人们都在辛勤的劳动中……好一派充满生机与希望的田野。

记得在电排通水的当天，我和村里的大人们一样，早早就来到水库的堤坝上，远远地望着水库对岸。放眼望去，只见山对面气氛非常热烈，新建的电排堤坝上，沿途都插满了五颜六色的彩旗，每隔几十米的地方，还耸立着“大干快上，力争上游，多快好省地建设社会主义”“战天斗地，不怕牺牲，发扬愚公移山精神”等内容的横幅标语，水电站周围悬挂着好几个大气球，立在电站房顶上的高音喇叭，一会儿放着《社会主义好》《泉水叮咚响》等革命歌曲，一会儿有人在大声喊话：肯定成绩，表扬先进……当领导点到我老爸的名字时，我的血液也似电排里的流水，从脚底顷刻涌到了头顶，那种自豪感到现在都无法比拟和形容。

又过了几分钟，在一阵鞭炮声响过后，山上山下的人们都欢呼雀跃起来。随后，水库里的清水就从山脚被抽送到了半山腰，现场的欢呼声回响在山岗间。电排堤坝边，有些青春男女自发打起了水战，人们那兴高采烈的情形我至今仍记忆犹新。白花花的流水从一个个的堤坝涵洞涌出后，正在新改造的梯田里耕种的人们便开始忙碌起来。据说，那年年底，我们村成了全县、全省的“农业学大寨”的标兵单位。

几十年的时空变迁，老家的电排尽管物是人非，但它所绽放的人文精神却与日月同光辉，流进了山里人的梦幻，流出了山里人的梦想。

红薯饭

红薯饭，对于 20 世纪五六十年代的人来说，并非一个陌生的词汇。按其字义，就是用红薯做成的饭。

那个年代，山上山下，没有荒废空闲的地块，哪怕是一片簸箕大的土丘，人们都会刨整成菜地，插上红薯，栽上辣椒，种上小麦等。

每年惊蛰过后，各家各户就会撸起袖子，把窖藏在村后山上地窖里的红薯取出来，筛选出那些薯皮光泽圆润、没有损伤、形体不扁不弯、有一斤重以上、像过去老阿婆织布时用的梭子般的红薯作为红薯婆，又名红薯种。然后，再把这些红薯婆一行行地排列置放在用淤肥堆成的育苗床上催苗。家里经济条件过得去的，为使红薯秧快点破土而出，则会在育苗床外面盖上一层薄膜纸，用于保温；家庭经济条件较差的，则任其由天地间的阳光雨露滋养，自然成长。

我家吃饭的嘴巴多，而做事的劳力少，加上母亲常年身体都是靠药物喂养，尽管父亲把一天当作两天用，但每年一到年底，总是生产队上典型的“老超支户”。记忆中，有一年年底的一天上午，队上开仓分粮，社员们吃过早饭，各家各户的主劳力就挑着谷箩筐赶到祠堂里去等候结账分粮。时间快到中午时分，生产队长总算点到了我爸的名字，站在一旁的我，少年不识愁滋味，高兴得狂跳起来，而父亲却浓眉紧锁。

分粮要轮到我家了，父亲把谷箩筐移到谷仓口，生产队的会计报数：尹某某，全年总计余粮180斤。父亲听后，什么都没解释，只是唉声叹气地跟站在正对面的生产队长恳求能不能再预支200斤谷子。生产队长环视了一下在场的会计和几位社员后，认为队里的积余粮也不多了，最终让玉发会计，给我们家多分了100斤。在场的社员没有吭声，父亲没再吭声，心里已是感激万分。

挑着从生产队分回的稻谷，父亲和母亲掐着手指头算来算去，手指头掐痛了，还是没法把这些稻谷安排到能让我们一家六口从正月吃到六月收割了早稻后。

怎么办？小孩要长，肚子要填。没办法，父母亲也跟其他“超支户”人家一样，粮食不够，红薯来凑。于是乎，我们家便开始了红薯度日的“论持久战”。早餐用铁鼎锅蒸红薯，兑着坛子辣椒萝卜条吃；中餐把红薯切成片，用水放盐焖着吃；晚餐则把红薯剁成花生粒大小的红薯粉兑进一半是米的饭锅里煮着吃。那个时候，幼小的我，真的是饥不择食，每餐仍然吃得连汤汁都不留一点。长时间吃红薯饭，我们吃得连打饱嗝喷出来的气味都是红薯味。

有时肚子饿慌了，我们就在心底里祈祷着外公、外婆、阿姨、

磨豆腐

姑丈他们快来。他们来了，母亲就会在饭锅里多放些大米，少放些红薯籽。这个时候，我是最开心，也是最精灵的。每次准备开餐吃饭了，我早早就端起饭碗，拽着饭勺子，第一个揭开鼎锅盖，刨去饭锅表面上的红薯籽，像矿井工人打隧洞一样，用饭勺子深掘到锅底里，把那些没有红薯籽或红薯籽较少的白米饭掏出来，盛满一大碗，再把开始刨到一边的红薯籽回填下去，恐怕让父亲知道了自己要挨骂挨揍。

红薯饭是很难吃的。它是母亲把自家地里挖回来的红薯洗干净，或用刀剁碎，或用一种专用刨刮器刨成红薯条，撒在太阳底下晒干。那时候，我家每年都要晒几麻袋红薯，用作来年春夏之交时全家人填饥止饿。由于平常菜里少油，红薯籽饭吃在嘴里都是干枯难咽。顿复一顿，年复一年，红薯饭便成了我们那代人生活的代名词。现在在我老家还有种说法：讲哪个人不灵活，就说他是个大红薯；讲哪个人心术不正，就说他是花红薯。

早些时日，比我年长几岁的发小乡贤从外地回来，我问他还记得小时候去邻村群众地里偷红薯吃的事情吗？他没有正面回答，而是笑哈哈地说："现在呀，打死我都不会想到要吃红薯了，那时候呀，真的是吃红薯吃腻了，吃够了！"确实，他现在是一位坐拥亿万家财的企业老板，并不是因为他钱多，而是在他的内心深处一谈到红薯就有种"一朝被蛇咬，十年怕井绳"的心理反应。三十多年前，他家的生活条件也和我家差不多，父亲身体不是很好，吃饭的人多，得工分、分粮食的人少，也是生产队里的"老超支户"。他作为长子，更是过早地挑起了全家人的生活重担，只是在改革开放浪潮的冲刷下，他"淘尽泥沙始见金"，成了早期市场经济大潮中的佼佼者，找到了自己的人生坐标，实现了人生价值。前不久，他听说村里两位贫困户的小孩一位没钱读书，一位没钱治病，他出手就是每人捐赠5000元，被乡亲们传为佳话。

物换星移。当岁月轮转到新的时代，红薯，对于现代人来说，竟成了生活的珍稀物。大街上，常见有妇女推着三轮车，上面放着烘烤炉，炉面上摆着一个个香喷喷的烤红薯，它不像我们小时候在灶火炉上煨的红薯，煨得一块焦、一块黄，摸在手上黑麻麻，而是皮软肉酥可口。周边还围着几位妙龄少女在等候取走烤红薯。有一次，我路过一烤红薯摊，顶不住飘进鼻孔的红薯香，靠近问道："红薯多少钱一个？"那位阿姨笑着答道："两块钱一斤。"我听后心里吃惊。

前不久，到某城市出差，好友邀我去吃当地的特产，并说是绝对的绿色环保食品，吃了绝对安全。走到店子门口，一个"人民公社餐厅"的大牌匾"嗖"地吸引了我的眼球。坐进包厢，好友调侃道：我们平常都是海吃海喝的，今天来个忆苦思甜，"解放"肠胃吧。我听着云里雾里。等服务员端盆上菜了，我才茅塞顿开：什么红薯饭、南瓜粥，什么苦尽甘来外婆菜，什么藕断丝连情意长，什么雨后春笋节节高，什么一清二白少女心，等等，接连上了十道菜，满桌都是五颜六色的野生植物。我看在眼里，思绪纷飞。这些美其名曰的绿色菜肴在三十年前都是些路边草，今天却成为人们交往待客中的美味美食。

近日回到家里，夫人乐呵呵地说："我今天在网上购买了 20 斤红薯，六块钱一斤，去了 120 块钱。"我听着，差点要晕倒。而更让人难以接受的是，夫人在之后每天做饭时，竟然还把红薯掺和到电饭煲里一起煮，再次让我吃起了终身难以忘却的红薯饭。

天地佛光

湘南郴城北，龙女温泉内，百福湖边的山顶上，耸有百福鼎，高高大大，似巨佛昂首，目视郴城，与苏仙岭相觑。

一日，我闲游山脚，某友人告曰：山上福鼎，周域篆刻着百个形态各异的“福”字，意喻百种祥瑞福气。

我等听着心悦，可因夜半天幕暗淡，寒冬霜风袭人，遂未前行跋涉。心留憾矣！

次晨梦醒，天色渐明，跑步前往。未涉百福湖池，只见一股氤氲仙气袅袅从百福湖面腾起，把倚挂湖边的徽派小屋映衬成了“空中楼阁”，犹如蓬莱。

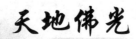

沿着百福湖边的曲径木板小路，向着百福鼎的方向前行，脚下的冰花霜柱被踏得“哗哗”直响，我小心前移，谨慎迈进，唯

恐一不留神滑入湖中，来个“冬泳”，成人笑柄，羞也。

靠近百福湖畔，透过湖面仙雾，只见半百米处，一座起伏的三拱石桥横躺湖中，连接东西，桥上桥下，仙雾漫舞轻柔。湖边丛林里，百鸟“叽叽喳喳”，若不是晨风冷冽刺骨，真认为是进入了鸟语花香的春季。

攀越到百福鼎平台，虽已寒冬，但周围仍披着“绿衣”，偶见几根秃枝，也似水彩画里的工笔画，恰到好处。围着四平八稳，直耸云端的百福鼎转悠，我内心素净几分，善念骤起，长时间被都市喧嚣包裹的躯壳，得以释然。在一转角处，我记住了一句哲语：修身岂为名传世，做事唯愿利及人。

我记不清这句话是否是偈语，但它却已刻进我的灵魂。庄子说：朴素而天下莫能与之争美。此刻，我最想弄明白，当初把百福鼎立于此山中的缘由。难道是为了更好地演绎柳毅传奇的爱情故事？难道是为了龙女温泉水里浸泡的那份温情？

我想，都不是。

福鼎之“鼎”，乃“显赫”“尊贵”“盛大”之要义，如一言九鼎、大名鼎鼎、鼎盛时期、鼎力相助等，且是旌功记绩的礼器。周代的国君或王公大臣在重大庆典或接受赏赐时都要铸鼎，以记载盛况。福鼎，是团结、统一和权威的象征，是代表和平、发展、昌盛的吉祥物！

郴州，自古乃多佛多福之地，留下了“郴江幸自绕郴山，为谁流下潇湘去”的袅音，篆刻着郴州多少仁人志士，怀揣故园情怀，把影子刻进故土，誓志以心抒情、舍生取义谱写的颂歌。如，在辛亥革命时期，被孙中山先生誉之为“湖南最热心之革命同志”的李国柱；建党初期，在古田会议参与文稿起草、组建湘南第一个党组织、领导湖南水口山工人大罢工的黄益善；参加南昌起义、撰写军中三大条例、获得茅盾文学荣誉奖的开国上将萧克；在改革开放、拨乱反正时期，担任中宣部部长的邓力群；等。

郴城，乃全国“第十八福地”。在苏仙岭上，不仅流传着苏耽以井水橘叶治疗瘟疫的佑民故事，留下了“大鹏展翅恨天低”的张学良将军的传奇历练，而且还传颂着起于草野、居住在吴中，但在指挥灭秦战役中功劳不可小觑的，为人宽厚，有帝王之德，奈何驾驭不住群臣，因而在郴城遇弑的义帝的壮歌颂曲。

天幕渐渐拉开，我倚立鼎边的护栏东眺，远山青黛，半公里处，两排由白墙灰瓦组成的仿古楼群挤在一条山壑间，隐隐若若。时有“五更鸡”传来悦耳的鸣叫声，给冬日清晨，增添了几分喜气。两边山丘，树木成林，只是偶见几株落叶灌木，让人想起冬日的凄凉。

趴在山那边的冬阳，尽管早早把笑脸涂上了天际，但却迟迟不肯拱出头来。我双脚跨在平台边的护栏杆上，静静地等候，并把手机快门时刻搭于指尖，生怕太阳公公从山那边钻出来后，遮住了我的双眼，留不住美妙瞬间。一刻钟过后，穿着红棉袄的太阳公公似位铁匠，举着一坨刚刚烧红的圆铁球，把一串串铁花般的光芒从树林间绽射出来，一束束，柔柔地，它并不像夏日里的朝阳，刺人眼球。

冬阳爬上山顶后，恰似一位巨佛老人，伸开双臂，把轻飘在山涧的雾幔一堆堆地收走，让天地间披上了金灿灿的佛光。

田埂的声音

“年后春风吹，田埂木槌响。耕牛拖犁耙，田野穿绿纱。农夫站田边，小鸟叫喳喳。汗水和泥巴，收成心头挂。”每年立春过后，村里各家各户的当家人就会一手牵着水牛，一手扶住肩上扛着的木槌和铁锹，踏上村口那片经过冬天孕育、充满新年愿想的田野。

我的故乡潜倚在山边，村口溪边的稻田一层一层的，大多数是“米筛田”，不保水。为防止埌头坝渗漏，村民们在上春后，就会背着铁锹和木槌赶到自家的责任田上跳“芭蕾”，整埌头，护堤坝。

站在一畦畦的稻田埌头上，村民们有的弯着腰，手握铁锹铲着埌头坝边被水一整冬浸泡，或干枯后，被蚯蚓、钻地虫拱得已经松散的泥坯；有的撸卷衣袖，挥舞木槌，依次在埌头坝边捶打着。在埌头上劳作久了，那些内心耐不住寂寞的中年男女中，便会有人一边扎着马步，甩开臀膀，捶打埂头坝，一边吆喝着“山边埂头长又长，哥哥心里想新娘，槌心打在田埂上，妹妹何时进新房”“田间养鱼又种粮，我把妹子抱上床，哎呀呀嘿哎呀呀，明年有人叫你娘”之类的民歌民谣。

我的父亲属穷人孩子早当家那种。还是十多岁时，就犁田、耙土、挖井、铲地样样精通，而且做田地里的活计十分认真，从不手懒，村口人封他一个雅号“弄田高手”。土地责任承包后，那些“半边户”人家都喜欢找我老爸去帮他们修整田土，特别是埂头坝，整得不过细，或捶打力气不够，田里就储水不好，渗漏厉害。

上春后，整田弄土，最常用的工具是木槌和铁锹。木槌大多是山里长的野灌木，槌柄圆锥形，两头微凸，六点六八寸长，直径有二十公分的、有三十公分的。木槌中间连接一根菜刀把粗的木棍，有一米左右长，便于使用者抓摔。

整田弄土有几道工序，首先用铁锹把埂头坝边的酥松泥巴铲掉，再用木槌狠劲依次捶打，捶打的方式要用斜捶，力度均衡，捶出来的泥巴印子才会像老屋上的瓦砾，一个槌印叠加着一个槌印，似半轮月亮。埂头高的捶两条，埂头低的捶一条，恰如桶箍，把一丘田捆绑起来。整丘田的田埂都过捶后，主人才会把水源引进田来，待田里的泥巴浸泡十天半月成了泥浆，主人再到田中挖捧泥巴敷到埂头边粘贴到有槌印的埂头上。刻有主人的手指印，埂头边在太阳光的照射下像一条条闪光的五线谱。

埂头坝捶打的质量好坏，决定一丘田一年的收成。我中学毕业后，老爸见我跟着他已学甩木槌有好几次，便放心地把家里的农事活交给我，跟着南下的打工队伍赚钱去了。起初，我也很自信，认为那些都是“区区小事”，到了树冒芽、草争春的时节，也学着左邻右舍的大伯阿叔，背起木槌、铁锹来到自家责任田边，按照父亲临行前的“特别交代”，甩开膀子，捶打起田埂来。“呯呯嘭嘭”，摔打了好一阵子，手中的木槌就是使“性子”，一捶高，一捶低，很不整齐。上丘田的武叔，知道我爸打工去了，见我捶打埂头坝没经验，便停下自己手中的木槌，来到我的跟前，手把手地教我怎么抓槌把、滑槌杆、均衡用力使劲，才能使埂头坝边的印子按照高低线条走。

等武叔走后，我按照他的指点，似演员站在舞台上，有点自豪地在埂头边甩着木槌，心里想着等稻田种好后，有了好收成，好向老爸报喜请功。然而，木槌捶打了不到二十米，就突然间“啪嗒”一声，槌杆从中间折断。我呆呆地看着木槌，不知所措。田对岸的武叔见状，忙背着他的木槌过来，走近我说：“没关系，回去我帮你换根槌杆就是了，我家里有现成的。来，你先用我的。你的埂头捶得蛮好，你爸晓得了会好欢喜。”在武叔的打气下，我又抡起木槌，在埂头边谨慎地摆起了“舞姿”。

背起木槌走在弯弯曲曲、被农夫修整得很清晰的田埂上，我哼起了当时流行的《在希望的田野上》：“我们的家乡，在希望的田野上，炊烟在新建的住房上飘荡，小河在美丽的村庄旁流淌……”

三十年后，又是“春江水暖鸭先知”的季节，拂着田野清风，我来到村前村后寻找，但铁锹、木槌藏进了人们的记忆，垠头坝上那些哼着民歌小调，呼着民谣号子的风景也都被岁月拉成了长长的影子，若隐若现。

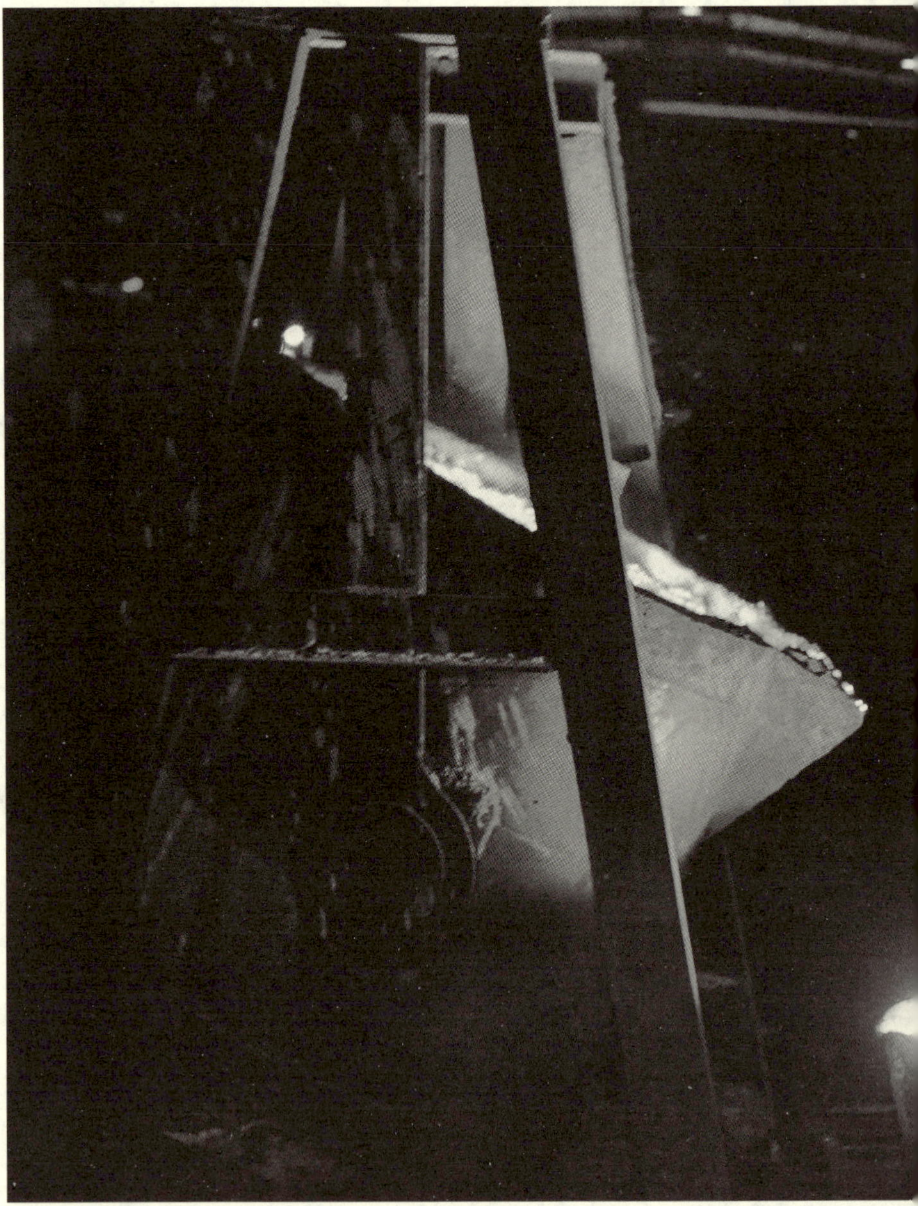

打铁

铁匠

从小生活在湘南山村，见过很多的木匠、砖匠、篾匠、补锅匠、修鞋匠，而我对铁匠的认知、感悟是从我的姑丈开始的。

姑丈人长得高瘦高瘦，像妇人家手中的晾衣竿，常戴着一顶鸭嘴式的工人帽，大眼睛，高鼻梁，肩膀微驼，很少讲话。可他一站到打铁炉旁，就像根三节棍，摆开马步躬起腰，撸卷起袖子，伸开膀子甩铁锤，“叮当叮当”就能锤打老半天，且从没听他说腰疼臂酸，让我心生羡慕。

铁匠的家谱

在湘南一个叫塘村墟的地方，方圆几华里，村庄挨着村庄，村庄里外都能看到一些脸上黑麻麻、衣裳灰沉沉的铁匠出入。在这一带，流传着这样一句俗话："家有打铁郎，不愁没婆娘；家有打铁工，锅碗不会空。"我那貌若山花的姑姑，或许当时就是抱着这样一种心态嫁过去的。

我的姑丈，出身铁匠世家，从他爷爷的爷爷开始，就以打铁为生。他们村子里的人，个个会打铁，人人爱打铁。据说在没有被认定是"走资本主义道路"的时代，他们村里的铁炉子就像村子后龙山上的小春笋，随处可见，整个村子里"叮叮当当"地响个不停，从几里路外的地方就能听得到、听得清。

到了改革开放初期，塘村墟那带地方，流行着这样一句话："铁锤一响，黄金万两，不愁吃来不愁穿。火炉一关，鸡犬不安，全家老少躁得慌。"当时，村里人打铁，都是锻打那些镰刀、锄头、菜刀、火钳、铁锹等比较简单的农用工具。但比在生产队做工划算多了，生产队给一个主劳力每天八毛钱，而谁家里只要有一人会打铁，一个月便可赚个三五百，养活一大堆人。当时，我姑丈他们村的男人都被周边村的女人捧得要上天。

姑丈的爷爷，我们没见过，只听说他老人家身板子不是很有块头，但在方圆上百里却是赫赫有名的铁匠师傅。特别是他打的火炉钩和篾刀，既好用耐用，又有造型，像用模具倒出来的。在我们老家，民间流传一句谚语："火炉钩三尺三，一节连着一节弯，谁人敢说功夫好，铁匠就是师傅巅。"

据家谱记载，有一年，我姑丈的爷爷去广西柳州的一个小镇上落脚扎根，一位当地的铁艺高人想阻止他落脚，怕抢走生意，便提出要与我姑丈的爷爷一比高低。我姑丈的爷爷问比什么，那位当地的铁艺高人抓头挠耳了半天，说：“不比什么，我们就比打火炉钩和打篾刀。我要是输了，你就到我们村里落脚开炉，否则，你就挑着风箱炉子赶快走人。”我姑丈的爷爷听着，心里窃喜。最后，仅用了广西那位“高人”不到一半的时间，就打成了指定的两样铁器。对方不得不服。

父命不可违，祖业不能弃。我的姑丈还不到十六岁，就接过了他爷爷、父亲的铁锤、风箱和铁艺。

姑丈他们村，建的房子多数是明清时期的灰砖青瓦房，房内都有一个大厅，三面住着人家。打铁缺场地，很多人家便在自家门口垒砌起打铁炉。炉灶，有长方形的，有正方形的，凭师傅喜好。

姑丈家的房子也是一间老堂屋，独门独户，门口的一间便成了打铁屋，十多个平方米，整个房子都被烟尘熏得黑麻麻的，墙壁上的黑灰都似吊线一般，不经意间就摔下一坨来。打铁屋里用砖头垒砌了炉灶，长方形的，约 80 公分高，灶台右边斜架着一个手拉风箱，木梭拉手柄被磨蹭得光亮亮的。灶台左边，排列着三个高低不一，大小不等的铁锭，铁锭旁边立着大锤、中锤和小锤。在屋子的一边，还摆放着一条又宽又粗又黑、有些地方开了裂的长木板凳，板凳的一头钉着一个马钉，说是用来刨铲各类刀具锋口时作业用的；另一头固定有一块砖头大的天然磨刀石。整个房子里横七竖八堆放着打好的和没有打好的铁器与原材料。

姑丈做事向来就很犟。据说刚学打铁那阵子，别人送来一样器皿，他父亲要他去跟一个外地师傅学一学，他不肯，硬是自己一个人躲在家里十多天没有出门，逼着父亲教他打磨。

姑丈爱吸烟，打铁打累了，就一个人掏出草烟丝，卷上一根“喇叭筒”烟，用铁夹在炉灶上夹块木炭点燃，坐在长木凳上，狠劲地仰起头吸几口，再舒展一下累得有点酸痛的腰板子。有时实在困了，便扒开两只脚，倒在长木板凳上仰头睡上几个时辰。

我的满姑，肤色宛若村口的“四月谷雨桃”，常扎着一根齐腰长的牛尾辫，身体曲线分明，喜欢穿着一些碎花、条纹式的的确良衣衫。村里人都说我姑姑是朵“出水芙蓉”，白嫩得像根灯芯草，搞得村前村后那些冒火后生仔都像丢了魂。

打铁

我姑姑嫁到姑丈家后，就判若两人了，她把女人的矜持全丢进了村口的花溪河。铁铺里事紧，她腰间捆一块劳动布围裙，折起衣袖，摆头把长辫子往背后一甩，撇开双腿，抓起铁锤，就和着姑丈的节拍，跳起了湘南乡村独有的“铁匠舞”。

姑姑很好客，不分亲疏，不管大小，只要进了家门，她都会拿些花生、瓜子、红薯干之类的小食品给客人尝，家里出出进进，经常是像在赶墟，人来人往。到了大热天，姑姑喜欢穿件的确良衣衫，拱起腰与姑丈打铁时，胸前就像两只小白兔的尾巴一摆一摆的。村里那些没熏到过女人味的后生仔，便经常借故去我姑姑家扯谈、聊天，眼睛却时不时往姑姑身上瞟。姑姑心懂，却不在意，照样热情接待。可姑丈有些吃醋，每次看到那些眼冒火花的后生仔到来后，只要不赶急，便会立马封火，催起姑姑到里屋做饭做菜去，自个儿陪年轻人聊天扯地……

打铁是件火烧火燎的苦事，只要几根烟工夫过去，汗水便会搅拌着黑尘，把满姑的白脸蛋涂抹成县里花灯剧团的老花旦，难以认出真相。在火炉旁熏烤久了，姑姑那张白嫩的豆腐花样的脸庞也似涂上了一层朱红色的油漆，可她不在意，天天拿条湿毛巾敷在脸上。

铁匠的炉灶

世路崎岖，变幻无穷。

四十多年前，我是特别喜欢去姑姑家里，因为，她家离开市场近，并在墟场上预定了专用的铁器销售铺位，生意红火得很。每次赶墟时，我和哥哥便早早地赶去凑热闹。到了午饭时间，只要我们站到姑姑家的铁器销售铺前，姑姑都会默不作声地给我们买来一大碗的米豆腐或酥油茶，作为午餐点心，让我们大饱口福，心里暖洋洋的。

好长一段时间，我的姑丈家，没有起过炉、打过铁，姑姑家的日子也日渐紧巴起来。

等到我快小学毕业了，姑丈跑到我家，跟我爸妈说：“这下子应该是会有出头之日了。听说江西那边在搞责任承包制了，各人管各人的。这样子，大哥，我们兄弟就打开天窗说亮话，我还是要做老本行，这些年，我憋得慌，手发痒。你先借我 500 块钱，等我起炉赚了钱，就还给你们。”大人们讲话，我当时听不太懂，只晓得社会要变了。

我姑丈的铁炉又开起来了，他如鱼得水，每天早开炉，晚封灶，购材料，卖产品，整天像头北方的驴。几年过后，他那微驼的脊背，弯度就更大了。他曾给我算过一笔账：打好一把菜刀，需要锻打三千多锤，烧红、锻打、淬火，反反复复，才能打好。他一天要

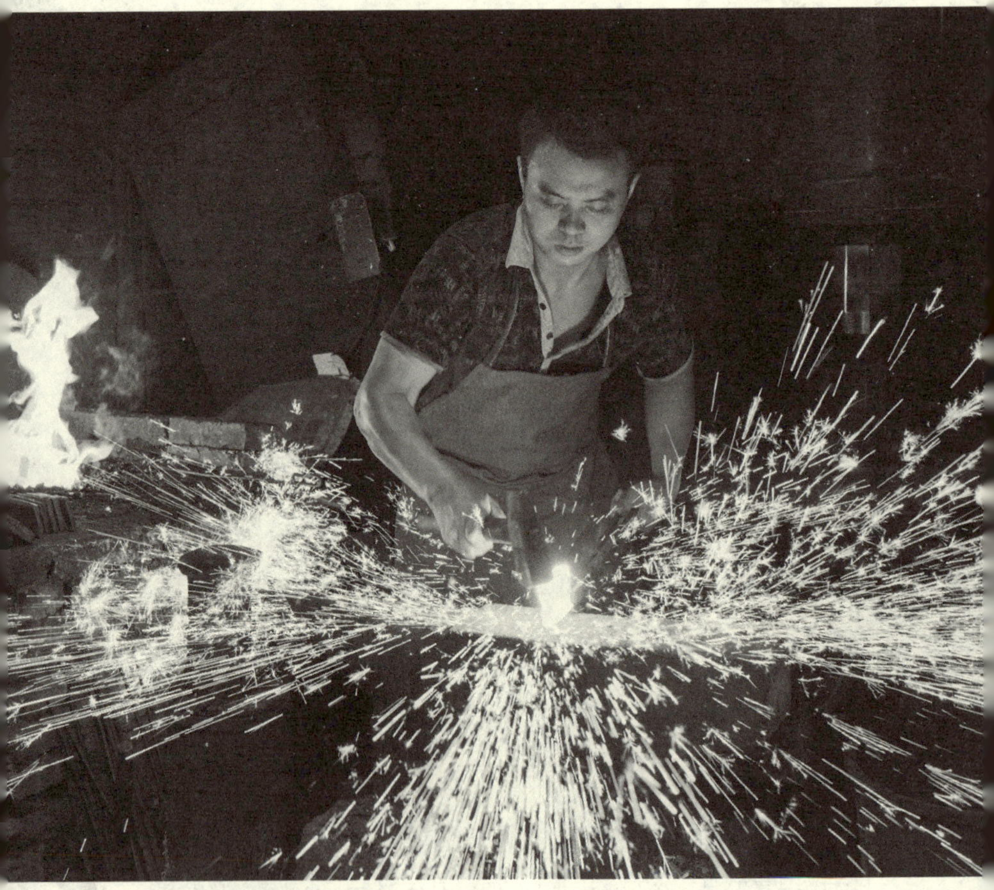

打铁

打十几把刀，每天就要打四五万锤 。姑丈说他一天要喝四五公斤的水，这些水，全变成汗流出来。每次，我去姑丈家，总是看到他穿的那衣服湿了又干，干了又湿 ，等他停下工来休息，他衣服上的汗渍，就会像画地图一样地呈现出来。有年中秋节，姑姑要我们全家去她家过节，村子里的人家都接二连三的燃放鞭炮，吃晚饭了。姑姑准备了一大桌的菜肴等着他早点封火、收工，他却总是说：“你们先吃，我还要一下，这两把刀，别人明天要带到广西去。”等得不耐烦了，姑姑干脆跑去把炉灶上的煤炭全部掀了，封了火，姑丈才脱下衣兜，洗手吃饭。

姑丈不仅像他爷爷、父亲一样的铁艺牛，而且做人做事都十二分靠谱。那年，湖北某地一位老板到他家进货，多算了五吨的钱，晚上记账时，姑丈发现后，马上给老板打电话，告诉老板多收了五吨的钱，下次进货时再退还。有一次我去他家做客，只见他正红着脸训斥一位包装工人：“不合格的就不要包装进去，你今天掺杂一把，明天掺杂一把，过几天，别人就不会要你的货了，做人做事都要讲信誉。”那位包装工人立刻把包装好的工具袋，全部拆下来，重新装袋打包……

几年过后，我姑丈家第一个把打铁铺换成了小厂房。上百平方米的厂房里安装了几台空气锤，招聘了十多个年纪轻、体力强的青壮年人做工。厂里每天生产的产品也由以前的镰刀、锄头、菜刀、火钳、铁锹等生产生活用品变成了铁钎、铁钳、活动扳手等工业生产用品，以前从厂房里发出的声音“叮叮当当”，像百灵鸟的声音，现在从厂房里发出的声音变成了“叮咚叮咚”，成了一种浑厚的和弦乐。

企业创办初期，正值我国市场经济转型，企业生产、销售面临着产品标准不一、市场秩序杂乱无章、员工素质参差不齐等重重困难，我姑丈便凭着“打铁人是铁打的”的意志与精神，摒弃老板架势，照常像以前一样，戴着他一年四季都离不开的鸭嘴帽，与工人一道烧铁胚、割铁条、检测产品常数等，脸上照样一块黑一块白的，整天穿着一双大头皮鞋，一身劳动布工作服上也被火花烧成了“满天的星星”。他说：“创业艰难，节俭成本，才能让企业迅速走上发展的快车道，才能打造出自己的品牌来。”这些话，我信。一年、两年，又是一个“十年磨一剑”，我姑丈家生产的产品，也在火花四溅的锤打中成了国内一张耀眼的产业名片，还评上了国家驰名商标。只是姑丈的脊背，也似村口成熟的稻穗，一天天地弯得更低了。

铁匠的门楼

我的故乡是个有着数千年打铁历史的古墟场，打铁不仅是家乡人的“金饭碗”，更是家乡人延绵不绝的一种绝唱。早些年，我的姑丈不无感慨地跟我说：“打铁创业，搞了这么多年，辛苦是辛苦，但是收获还蛮大，你看村里的厂房，家家户户就像以前点马灯，多起不得了。你年轻，有文化，又在单位上班，今后多给现在的年轻人讲一讲，我们打铁人的意志和精神不能丢。打铁这门手艺更是丢不得，这是传统，是老祖宗留下来的。”我点头，默记在心。

十多年前，我的姑丈把打铁传统与工艺沿袭给了我的表弟。表弟是个读书人，从东北某工程机械学院毕业后，本来不想再回到故乡重操祖业，可父亲有言在先，祖宗流传下来的手艺得传承，不能在他手上“断了线”，表弟没办法，遵命了。

表弟回来后，没再像我的姑丈那样，每天戴顶鸭嘴式的工人帽，甩开膀子抡大锤，而是围绕着打铁这份红火事业，组织镇上的企业主抱团创新搞科研，每年花费数百万元的资金，从高等院校和科研院所聘请了一批科研人员，眼睛盯着工程机械、紧密液压件和汽车配件等高端产品做文章，把铁匠逐步转身成了“工匠”，让家乡延续了数千年的手工艺华丽转身，使脑瓜子活络、敢闯敢干的家乡人，不再局限于从刀尖上“取金”发财，而是胸怀华夏，放眼世界，赚回了大把的美元、欧元。

表弟转型之初，姑丈不解，看不惯，认为干事业就要踏踏实实地干，不要搞些花里花哨的东西。有好几次，姑丈跟我说：“你去劝劝华仔，要他不要‘癞蛤蟆想吃天鹅肉’，搞什么科研，那是科学家们做的事情。我们这些乡镇企业搞什么发明？”我笑着回答："姑丈，既然你把厂子交给了表弟，你就放手让他去闯吧。风筝不断线，永远飞不高。何况他是个大学毕业生……"姑丈听后不爽，摘下头上的鸭嘴帽，往地上一甩，丢下一句："我屃，你也是一个调的，没法说了。"背起手快速离开。

前不久，我的姑丈按照家乡人的风俗，要做七十岁大寿辰，我回到了久别的故乡。

时光如梭，我的姑姑和姑丈都已被岁月之刀雕琢成了雕像。见我来到他家，姑丈整理好他头上的鸭舌帽后，兴致勃勃地拽着我走进了表弟新建的锻造发展有限公司。"哇塞，几年不见，老弟真的是'鸟枪换大炮'，高高在上啦。"望着表弟宽敞洁净的厂房，我立马想起了长沙高新区、上海浦东科技园、成都高新区等全国有名的园区企业，与之媲美，真是难见分晓。厂房里，机器轰鸣，工人忙碌着，一条几十米长，几层楼高的生产线正在有序高效地运行着。

转悠一圈后，我本想问姑丈"这下满意了吧"之类的话语，可我还没开口，姑丈便略有所思地说："华仔，你表弟很争气，搞起了这么大规模的企业，我很高兴。但不瞒你说，我现在虽然是奔八十岁的人啦，心里却还有一块石头，落不下地。"我惊愕，问："姑丈，是什么大不了的事？"姑丈把我拉到厂房外面，靠近我的耳朵说："人家都说我们这里是'锻造之乡'，这个没错。可你看现在……以后打铁炉都没有了，年轻人都不会打铁了，你说怎么办？”姑丈说着，摊开双手，露出一脸的无奈。听完姑丈的话，我想起了现在网络上出现频率最多的两个字——“乡愁”。

结束与姑丈的对话，我再次回到厂房。走在一大堆、一大堆的崭新产品前，表弟告诉我：“这是在给美国林肯和凯迪拉克汽车公司生产的配件，这是……”我一边听一边心想，在十年之前，我们这里不是连一个稍微小一点的配件都生产不了吗？现在怎么会……可事实摆在眼前，我向表弟竖起了大拇指。见我诧异，表弟又信心十足地告诉我，现在厂里生产的产品从小到头发丝细的“钻头”，大到采矿装备的“巨无霸”都有，品种多达几十上百个。前几天，厂里还跟英国、澳大利亚的客商签订了一批订单。表弟满脸堆着喜悦。

走出表弟公司的大门，眺望远方，只见东边起伏的山峦上空，拱起了一道绚丽的七色彩虹。

泪浸的电影票

某个星期六的夜晚，我们一家人漫步在热闹非凡的嘉禾县人民广场，突见一张宽大的银幕上正在放着四十年前曾让我心花怒放的露天电影，银幕下坐着成百上千的男女老少在观看电影。我走上前去打听，方知是县政府买单，让人民免费看电影。我一听，心头一热，又油然想起了三十年前那张被泪水浸泡的电影票。

改革开放前夕，每年一到春节前后，父母亲就等着生产队的干部来送粮票、布票和油票。而让我最记忆犹新的是队里的干部来送电影票时的情景。那时，人们的文体娱乐活动少之又少，能够看场电影看场戏是件非常不容易的事。我们平常要是听说哪个村里有电影看，哪怕是背着干粮、跋山涉水走几公里的夜路也心甘情愿，不怕辛苦。

有一天，我们镇里的电影院调进了当时全国热演的电影《孙悟空三打白骨精》。那天吃过早饭后，生产队秘书拿了一沓票到我家，说按乡里的任务每家每户只能购买一张票，票价是一块五毛钱。“什么？一块五毛钱？”我父亲一听，像是耳朵没听清楚一样，一脸惊讶状。确实，在当时，我父亲一个主劳力做一天工也只有七毛钱的报酬，一块五毛钱，我父亲就要做两天多。而我自幼就喜欢看戏看电影，一听说给我们家也分了一张《孙悟空三打白骨精》的电影票，心里想着孙悟空背着金箍棒腾云驾雾，与妖魔鬼怪作斗争的情形，高兴到了极点。于是，我一边从秘书手中接过电影票，一边祈求父亲说：“爸，买一张吧，就买一张吧，我礼拜天去山上扯野菊花卖了还给你。”

老爸见我把票接了过来，脸上顿时堆满了乌云，阴沉沉地说：“买什么买，你老妈成天有病，饭钱都没了，还看什么电影呀！”不到十岁的我，被父亲当着众人面这么一训，马上便心疚得哭了起来。父亲听我一哭，怄在心中的闷气更像被打开了闸阀，随手从堂屋里拿起一根棍子，一边打我，一边把满肚子的心酸直往我身上发泄。我也像一堆泥巴趴在地上，任凭父亲打骂，扯开喉咙哭吼着就是要买电影票。

俗话说：远亲不如近邻。同堂屋而住的雷阿婆因儿子在部队工作，经济上稍微富足点，她见我小小年纪如此铁心要去看电影，觉得并不是什么坏事，情急之下便从裤袋里掏出一个黑布袋，小心翼翼地掏出自己平常省吃俭用的一块五毛钱，叫生产队秘书帮我买下了那张按计划分给我家的、令我终生难忘的电影票。记得当时我接过雷阿婆的电影票，就曾在心底里发誓：以后要以十倍的代价来偿还雷阿婆的那份恩情。遗憾的是，在我戍国卫边之时，雷阿婆却永远地离开了那间被柴火熏得黑不溜秋的老堂屋，我也欠下了雷阿婆永远还不清的一块五毛钱的恩情债……

想着如此往事，我心中如释重负，改革开放四十年的丰硕成果让广大人民群众获得了最大的享受。这一夜，我们一家人都坐在露天电影场安逸地看了一场电影，我的心情也似清爽的夜风，格外地欢畅舒心。

哑巴姐在春天里

哑巴姐“嘎、嘎、嘎”地笑了，在一丘丘铺垫着油菜花的田畴里。一串串的春风追逐着一群群赏花人的笑声，流淌在田野里。

每年春节到哑巴姐家“走脚”，她都要“啊、啊、啊”地拽着我去她家村口的菜地“检阅”一番，数点她那一畦畦翠嫩的菠菜、芹菜、莴笋、大蒜等作物，告诉我这是她年前种的，吃不完，并弯下腰去给我拔菠菜、大蒜、包菜等。我用手指比画着，要她不要拔了，她“啊、啊、啊”地笑着，停不下来。每次等我离开时，都要让我带走一些她家的“土特产”。

哑巴姐年龄比我大上几个月，我们从小就相依为命。只是命运跟哑巴姐开了一个天大的“玩笑”，她在刚学会走路时，一次高烧夺走了她讲话和听话的权利，成了聋哑人。或许是“打断骨头连着筋”的血脉之情吧，自我懂事起，哑巴姐的人生之路如何走下去就成了我心中永远的牵挂。然而，随着一天天地长大，哑巴姐既似村口淤泥田里长出的莲花，娇艳惹人，又像是村后的青松，挺风傲雪，在村子里干起活来说一不二、有板有眼，被人誉为“男人婆”。

记得有年春季的一天上午，我们相约去赶集，路上，哑巴姐见爷爷挑着一担块煤去墟场上卖，她跑过去，抓住爷爷的箩筐，接过爷爷的扁担，挑着就走。爷爷怕她扭伤了身子骨，打着哑语不让她挑，她“啊、啊、啊”地就往前冲。等她把爷爷的一担块煤挑到墟场进口时，哑巴姐一身就像被人泼了水，浑身湿透了。随爷爷一起去卖煤炭的乡亲一个个都竖起大拇指：“好可惜呀，这么懂事能干，就不该是哑巴了。”爷爷无语。

母爱是与生俱来的。有一年春节过后，哑巴姐找了个比她大十多岁的山里男人结了婚，后来生下一男一女。全家人都为她庆幸、祝福。有一次，她带着儿子回家探望父母，在吃饭时，三岁多的儿子突然间走失了，哑巴姐丢下饭碗就赶出门去寻找，在村子里找了一大圈没找着，哑巴姐回到家里便“啊、啊、啊”地大哭起来，泪水炸了一地。见哑巴姐撕心裂肺地哭着，全家人都放下了碗筷，帮她寻找儿子去了。等家人在一口山塘边把她的儿子抱回家时，哑巴姐的脸庞瞬间就成了春天里的“喇叭花”，沾满了泪珠。她把儿子紧贴在胸口。

从哑巴姐的菜畦里回来，她又麻利地给我们做起了饭菜。一个小时过后，哑巴姐便炒出了色香味俱全的红烧神仙狗肉、牛脆肚炒酸萝卜、红烧块鱼、清蒸糯米排骨等特色菜肴。酒席间，一位上了年纪的大叔说：“你哑巴姐呀，做饭做菜在村里是有名的，有些人家里来了新客还请她去帮忙做饭菜。还有就是每年端午节包粽子，更是她的绝活，她一个个都包得有棱有角。特别是包‘枕头粽子’，又大又长，别人都包不好，她一到现场，三下五除二，问题就解决了。全村人都佩服得不得了。”

在村里，哑巴姐还是个“任性”的热心肠，她与左邻右舍的关系就像山村里的老房子，都敞开着大门，一间紧挨着一间，难分你我他。她家的房子虽然只有二三十平方米，可村里人就是喜欢往她家里挤。冬天，哑巴姐一大早起来，就架好一大炉炭火，使整个房子都暖烘烘的。家里挤满了村民，她从不吝惜自己家地里产出的花生、瓜子之类的农产品。遇到事闲时，还要把她亲手腌制的坛子菜、腊肉干之类的拿出来陪着大家一起吃“滚茶”，打“平伙”。见大家有说有笑的，她也笑着“啊、啊、啊”地叫起来，摇头摆脑。

哑巴姐房后的茶子花开了一茬又一茬，她那张曾经娇嫩的脸庞也被山地里的霜风雕刻出了一道道或深或浅的痕迹，但她的生命得到了延续。在我们临走之际，她要族人把她已回娘家的儿媳妇接了回来。见儿媳妇挺着个大肚子回来了，哑巴姐的脸上笑得比她房屋后的桃花还要灿烂。她摸着儿媳妇的肚子给我“啊、啊、啊”地比画说：“还有三四个月，媳妇就要生崽了，到时请你来喝喜酒。”我满心欢喜，点头称是。

好久没见到哑巴姐，她似乎有很多的话要跟我倾诉，一路上“啊、啊、啊”地给我“指手画脚”，说这户人家有钱，建起了三层楼的小洋房；讲那户人家的小孩有出息，开起了小车子，让老人家都过上了幸福的日子……村前房后，哑巴姐见到村民都会“啊、啊、啊”地打着哑语。哑巴姐的生活过得很是惬意。

站在哑巴姐今年新建的楼房前，只见一丘丘铺垫着油菜花、白菜花、草籽花的田畴似床花地毯，一条小溪悠然地从南向北流淌，在花地毯上若明若暗地起舞；屋后是一山接着一山的桃花、梨花，红一片，白一片，好一幅被春天涂抹的山水画。

但愿哑巴姐一生都生活在春天里！

柴火笑

“柴火笑，客人到，母鸡叫，下蛋了。”三十多年前，听到母亲在灶台旁唱起这句话，我的喉管里就噎嚅起来，满脑子想着外公、外婆、舅舅、阿姨等亲戚朋友快点来，油锅香味就像一条条的虫子爬进我们鼻孔里。

我家住的老屋是长方形堂屋，左边住着三户人家，右边住着四户人家，每户人家都在门槛边搭建了一个大小不等的柴火灶，长的、圆的，单孔的、多孔的，整个堂屋被烟熏得黑黑的，墙壁上挂着黑煤须。每天到了三餐做饭菜的节点，各家各户蒸菜、炒菜、煮菜，宛如现在的大排档，香味浓浓，热热闹闹，满堂屋成了大厨房。做饭菜时，灶膛里的柴火常会在炉心中发出“噼里啪啦”的呼叫声，主人手中的锅铲在起舞时也发出“叮叮当当”的悦耳声。

我家隔壁的大伯是位屠户，每次到了镇上赶墟那天，时常会买回一板牛骨头或牛脑壳，用铁钻子一坨坨地把粘挤在骨缝间的牛肉或筋骨剔刮下来，斩成肉丁，再用红辣椒和蒜薹或蒜苗开大火爆炒。每次大伯家爆炒鸡鸭鱼肉时，我就会躲在门后面，从门缝间瞄着铁锅子。看到伯娘只手尝菜定咸淡时，我的口水便在喉咙里嚅上嗫下，羡慕得要死。

有天早上，母亲躬身在灶台旁烧火做饭，添加了几棵树蔸后，炉灶里的火焰突然兴奋得发出“咕咕咕”的笑声来。母亲随口自言自语唱道：“柴火笑，客人到，母鸡叫，下蛋了。”当时，我懵懵懂懂，觉得母亲讲的这句话，很有味道，但不知其意，想必是逗人乐的一句顺口溜。

直到太阳挂在西窗口，我那在外地当工人的幺舅，戴着一顶鸭舌帽，背着一只黄挎包，还没进门就叫道：“细(二)姐呀，我们矿里这几天放假，我都好想你们了。”“我也想你了。你看嘛，我今早上就讲了，‘柴火笑，客人到’，真没想到会是你啦，老弟，快进屋坐，你姐夫岭上挖树蔸去了，过一下就要回来了。”

幺舅进屋后，母亲开心得像山上盛开的红杜鹃，急忙在楼枕横梁下的挂箩里掏出一袋猪油渣、一袋花生米和一袋干豆腐。舅舅有好久没来，母亲怕不周到。最后，又跑到村里养鹅的人家去买了几只鹅蛋回来，用韭菜煎炒了一大盘。那天的晚餐，我们家就像是过年，吃得嘴巴油溜溜。

还在生产队时期，我家因吃饭的嘴巴多、赚工分的劳力少，一直都是生产队的“老超支户”。为节省家中支出，父亲使出了浑身力气。当时，尽管我们村的后龙山背面就有一个煤矿，可烧一担煤炭要花十多块钱，且一担煤烧不了几天。而村后的山岗上，野柴树蔸多，父亲便每天在别人午休时，背上一根圆木长扁担、一把叫铁匠铺朋友特制的羊镐式钢锄，手拽一把长柄镰刀，肩膀上披着一张让汗水浸泡黄了的长汗巾，穿双黄色解放鞋，恰似壮士出征，昂首挺胸地往山里钻去。

上山挖树蔸有的讲究，山上的柴火，有耐烧的、有不耐烧的。父亲长年累月挖树蔸，知道像枯茶树蔸、枯枞树蔸、野紫木蔸、千年矮树蔸等灌木才是首选。到了星期天，父亲总要把我带上山当副手，叫我先去找蔸大枝叶少的野树，先把枝叶劈掉，他再来开挖。父亲力大，在周围村庄是出了名的。挖树蔸时，他摆开八字步，抡起镢头，刨开树蔸周边的泥土，对准树蔸主茎，狠劲挖掘。有时，一些树蔸盘缠在烂石中，镢头挖下去，迸起火花，父亲毫不惧怕。一蔸、两蔸，几个小时过去，晾在地上的树蔸就如战地俘虏跪地投降一般，躺在地上任凭父亲捆绑。

小时候，每天烧火做饭，我最恼火的是当“烧火郎”，有时把柴火添加进灶膛后，要不因添加太多，堵塞了空间而窒息；要不因用力过猛，把原先的火苗弄灭了；要不因树蔸不干，灶火总是烧不起来。我经常是歪着小脑袋，噘起小嘴巴，对准灶口，使劲往里面吹气，有时嘴巴吹得胀痛了，灶膛里的火苗就是燃不起来；有时吹着吹着，灶膛里一股浓烟滚喷出来，反把自己熏成“大花脸”，呛得“哇哇”直吐。那些时日，我曾好多回在心底里暗暗发誓，以后再也不烧这鬼柴火了！

我家为何长时间烧树蔸，后来才明白，一个更重要的原因是为了赚钱。记得有一年八月底，我们四兄妹的学费还没凑齐，父亲为了能按时交足学费，便请别人到自家灶膛来做饭菜，我家免费提供烧火的树蔸。那几天，父亲一直蹲在灶膛前，手拿着一把长铁夹，灶边放着一只瓷缸，见树兜烧到似熔非化时，即快速把正在燃烧的树蔸夹出来，丢进瓷缸，浇上一些水，再用盖子把瓷缸盖牢。过几十分钟后，瓷缸里的树蔸就成了木炭。等到镇上赶集，老爸用谷箩、淤箩及麻布袋装着，挑去墟场卖，十块钱一担，五块钱一箩。树蔸木炭，成了我家兄妹读书交学费和生活费的来源。后来读中学，老师教我们古文《卖炭翁》，我就读得特有感情，也记得最牢靠：

卖炭翁，伐薪烧炭南山中。

满面尘灰烟火色，两鬓苍苍十指黑。

卖炭得钱何所营？身上衣裳口中食。

可怜身上衣正单，心忧炭贱愿天寒。

夜来城外一尺雪，晓驾炭车辗冰辙。

牛困人饥日已高，市南门外泥中歇。

……

再后来，老师告诉我：柴火笑，是因为所烧的柴火没有干透心，木头中间还有水分，它遇到灶膛里的高温就形成对流，像煤气灶一样发出“呼呼”响声。老师说的，我信。

世事多变，礼俗移易。眨眼间，烧柴火做饭菜成了当下人的一种“时髦”。前不久，一位远方来的老同学，听说我老家的“神仙狗肉”好吃有名气，一到我处，就提出要吃柴火烧的“全狗肉”菜肴。没办法，我只能带他到乡下一位好友家临时用砖块搭建起简易灶台，找来一大堆的干柴木棍，重新操起我年少时当“烧火郎”的行当。在做饭菜时，炉灶里的火焰又兴奋得发出“咕咕咕”的笑声来，我连忙把老同学拉到炉灶边，给他唱起了“柴火笑，客人到，母鸡叫，下蛋了”歌谣。

老同学听着，笑了，笑得好开心！

在天上、海上、地上看日出

从古至今，不知有多少文人墨客写过看日出的文章了，“日出江花红胜火，春来江水绿如蓝”“我有迷魂招不得，雄鸡一声天下白”等，意韵犹长。我是个幸运者，赶上了好时光，能够从天上、海上、地上看到了日出，领略了人世间这美好的时刻，也用心读出了在不同三地看日出的感受。

在天上看日出

前不久，一个偶然的机会，我坐上了从长沙到青岛的航班。因为飞机晚点，登上飞机后，许多乘客都在抱怨飞机怎么晚点这么长的时间。我却在心底里暗自掰着指头掐时间，估算能否在飞机上看到一次日出，圆我十多年前在大海上期盼的梦想。

说起来都让人见笑，一晃三四十年过去了，还没乘坐过飞机。那天，坐上飞机后，我整个人就像山里的孩子一样，十分的好奇，真是用心去感受着飞机升空后的每一分每一秒。

或许是初冬时节，日出的时间比较晚。我们上飞机后，我总是眼睛死盯着舷窗外。在飞机飞行了近半个小时后，飞机脚下的天空才慢慢地白净起来。望下去，开始像我家乡老阿婆用过的洗脸巾，乌白乌白的，铺着厚厚的一层，看不到半点地面景色。随即，我的心里开始拘谨起来，并产生了一些“胡思乱想”，感觉心里很不踏实，双脚轻飘飘的，有时甚至希望飞机能飞得矮些再矮些，好让自己再……忐忑之余，又过了十把分钟，飞机再次往上升空，便有气流在阻挡着飞机，使飞机发出一阵一阵“叮咚叮咚”的震颤声。这时，我见对面的一位女同胞，忙闭上眼睛，拿手捂住胸口。我想，这位女同胞或许也跟我一样，也是“大姑娘上轿头一回”，心里很是紧张，自己只不过是曾经在大海里经受过大风大浪，习以为常罢了。我思想着，又把头歪向了舷窗外。这时，飞机脚下的云层就像我家乡那位一辈子弹棉花、织棉被的老阿公眼下的白棉絮，有时一层一层的，有时一块一块的，没有半点的污染。触景生情，我又感慨万千：要是云层底下我的故土也能像白云之上就好了……

“舷窗边上的那位同志，请问您是要咖啡、牛奶、浓茶，还是要矿泉水？”思想中，一位空姐甜美的声音把我的头拉转了过来。见空姐是在跟我说话，我忙回答道：“矿泉水和牛奶各来一杯。”我话音刚落，另一位空姐便把一杯矿泉水递到了我的身前。或许是自己养成了早晨要喝水的习惯，端起杯仰头就把一杯矿泉水灌进了肚里。而正当我要挺胸、抬头、伸腰之际，一束似电焊工手里电火花般的光线从另一面的一个舷窗口快速猛烈地射了进来，且刚好闪疼了我的双眼。“哇，太漂亮啦，太阳出来了！”没等我睁开眼睛、缓过神来，阳光就从飞机脚下厚厚的云层里似火山爆发一般，将一根根的金线纵横交错，把浅灰、蓝灰的云朵缝缀成一幅美丽无比的图案。倏然间，就飘移到了离飞机很近的云朵上。飞机走，太阳也走。

太阳出来后，飞机脚下的云层就更靓丽了，特别是当阳光照射到一个个如白色铝盆般的云锦区时，四周就会晕出七色彩虹，让人目不暇接，让人想起了牛郎织女的天宫美丽神话……我欣喜，我梦圆天际间。

在海上看日出

“海上生明月，天涯共此时。”二十多年前，作为一名南疆卫士，我和我的战友们一样，每年都要随海军某支队舰艇出海担负某型导弹技术的护航任务。或许是我们这些“旱鸭子”平常出海作业时间较少，难以适应海上那种每天跳着“迪斯科”般的特殊生活，每次一上舰艇，航行不到几百海里，同去的个别技术保障人员便开始“肠胃反应”起来，晕船、呕吐，吃不好、睡不香的。

记忆中，期望能在海上看到一次日出，是在上小学时熟读了著名作家巴金的《海上日出》后。特别是当老师把海上日出当成“伟大奇观”，讲解得玄乎其玄，心里就真的口水在滴。于是每次出海，我都会在心底里默默地提醒自己，一定要在海上看一次真正的海上日出。

有一次，我们随舰艇从南海来到了东海，为执行一项特殊任务，我们所驻的舰艇在一岛礁旁抛了锚。站在舰艇上，我们白天只能与盘旋在舰艇周围的海鸥进行默默的对话，看海鸥如何在海上捉鱼、觅食。晚上，就只能把舰艇下面让人心烦的“嗡嗡嗡”的机电声听成是卡拉OK声，睡不着时，就跑到甲板上默默地数繁星。

为了在海上看日出，那些天，我常常早起，站在前后甲板的制高点上，目盯着东方的天空，任一阵阵惬意的海风吹拂着。

有一天，我又早起，站在前甲板上，只见远方仍是海天一色，浅蓝，浅蓝的。瞬然间，一段“我们的家乡，在希望的田野上”的悠扬笛声从我的耳际边漫游过来，似磁场，令我立刻转身。不远处，只见一位年轻的水兵衣着整洁，目视着北方，手握着一支长笛正在吹奏着，肩上的蓝披肩和帽子上的黑飘带在海风的吹拂下也在悠扬的“跳着舞”。水兵的笛子吹奏得很美，一曲接一曲，而且，吹的歌曲都是与故乡有关的。我问身边一位舰艇军官，这位水兵是不是每天都要这样上舰吹笛？军官告诉说：这位水兵是位孤儿，北方人，在他当兵的第二个月，与他从小相依为命的老奶奶就去世了。他老奶奶去世时，为了不影响他当好兵，一直要家人瞒着他。他手中吹的笛子，据说是他奶奶的母亲送给他爷爷的，在他当兵入伍时，老奶奶又把这支长笛送给他作为入伍礼物，要他好好保藏，好好工作……我听着听着，眼睛开始湿润。心想，这位水兵一定是个好兵，一定是个有仁有义之人，一定会在自己的人生路上走出辉煌。

好一会儿工夫过后，那位水兵的笛声停下了，我也转身又眼盯着东方。这时，在天水相接的、似一条深紫色彩带的地平线间，缓缓地挤出了一道红霞。且随着范围慢慢扩展，地平线上的红霞就像我们小时候上绘画课画太阳出来时那样，越涂越亮。我鼓大着眼睛，生怕太阳在一眨眼间就升上了天空。我在心底里默数了十个数后，太阳果然在天水相接的地平线间，探出了小半边脸，像我家乡晒干了的三味辣椒，紫红紫红的，却缺乏亮色。它不像从山顶爬上来那样，慢慢地，一节一节地，而是使劲往上蹿，似要把压在它头顶的天空顶破。等它完全跳出了海面，颜色马上就变化起来，那紫红紫红的“圆气球”，就像被核能源激活一般，刹那间，就发出夺目的亮光，射得人眼睛发胀，它旁边的云朵也随即有了光彩，一大片的、一小朵的，奇形怪状。当它完全离开海平面后，太阳又似位含羞的少女，一会儿躲进大片的云里；一会儿又从云层边上歪露出半边脑袋，笑嘻嘻地把阳光直射到水面上，让人很难分辨出哪里是水，哪里是天……呵，我自豪！我亲眼见到了老作家巴金笔下的“伟大的奇观”。

在地上看日出

“今夜月明人尽望，不知秋思在谁家。”唐朝诗人王建的这首《十五望月寄杜郎中》不知感染了多少人，而我却和所有的山里孩子一样，自认为太阳每天都要从山那边爬上来，没有什么特别好看的，从小就对看日出没有产生过什么新的奇想。因为在我的心底里，始终珍藏着一种看日出还不如等日出的切身感受。

三十多年前，还是孩童时期，生产队的田土就责任承包到了户。之前我家因劳动力少，从我懂事起，我家就是“老超支户”，每年一到年底结算时,就所剩无几。生产队的田土责任承包到户后,老爸是高兴坏了,可就苦了我和哥哥两个,特别是到了七月底的“双抢季节”，因家里穷，买不起打谷机，每次收割稻谷都要去借别人家的。老爸人缘好，他去借，别人家都乐意，可在同一时间里都要用就没办法了。于是，老爸就学会打时间差，拽着我们兄弟两个每天三更鸡叫后，就挑着箩筐往自家的责任田里赶。我们兄弟俩尽管十二分不乐意，可看到老爸每天起早摸黑地为生活奔波、劳累，我们幼小的心灵里还是很有感触的。

有一天，我和哥哥跟着老爸下到比自己的身高还要高的稻田里，一手挥镰刀，一手掐着一把把沉甸甸的稻谷。年纪不到十五岁的我，因体力不支，割着割着，就悄悄地倚靠在田埂斜坡上睡着了。父亲一见，很是恼火，握起镰刀把就往我头上打，还骂我装腔作势，就是想偷懒。我委屈，无言以对。次日清晨，收割了一个多小时后，“瞌睡虫”又爬上了我的双眼。随即，我又倒在田埂边睡着了。这次，父亲没再打我，也没再惊扰我，而是把我悄悄从田埂边抱上埂头，找来一把别人家晒干的禾草垫在我的头下当枕头。我躺在埂头上美美睡了一觉后，太阳光已从东边的山巅上射了过来。我醒来后，见父亲和哥哥已把一丘近亩宽的稻谷割倒在地，心里很是内疚，二话没说，揉了揉惺忪疲倦的眼睛，拿起镰刀就下到了田里。

之后接连几天，我家都是这样“争分夺秒”。而在日后接连几天难挨的清晨，我都是咬紧着牙关，跟随家人一蔸一蔸地割着稻谷，心里却默默地期盼着太阳能早点出来。因为太阳一出来，别人家就会把打谷机抬走，我就可以像别人家的孩子那样，回家好好地休息了。可无奈的是太阳就不听话，任我左等右盼，就是迟迟不肯爬上山来。

山村的早晨是寂静的，每天，我都远远地听着村里的公鸡鸣叫，远远地看着村子背后的山峦在太阳光的照射下由黛青色变成墨绿色。有一天清晨，我们早早地就把半亩多的稻谷割倒，爸爸和哥哥去别人家的稻田里抬打谷机了，我就坐在田埂上数着天边的星星，听着前来凑热闹的蟋蟀的叽叽喳喳声。听着数着，数着听着，东边的山峦上慢慢地亮堂起来，由橘红变成粉红，再由粉红变成大红，整个天际边没有半点的云彩，就像当时妇女们最爱穿的崭新的蔚蓝色的确良衣。那天，太阳是从一个山坳里钻出来的，像我们老家人用的白炽灯泡，一出来，就把人照射得睁不开眼睛。

太阳出来后，整个田野里迅速闹腾起来。男的、女的，老的、少的，各人心里都装满了丰收的喜悦，他们谁都不会去在意什么是日出，他们只知道要把手中沉甸甸的稻谷收进谷仓，让全家人一年四季的日子都过得很殷实、很舒坦。

妻儿南栖

一

入冬后，天气一天天寒冷起来，气温时高时低，毛衣、棉裤、羽绒服等，成了街上的流行色。某日，妻子突然提出要带幼女去南方御冬，并“叭叭叭”掰着指头数了一大串南迁的理由。我心有不悦，甚至猜测妻子是不是要“移情别恋”？可在妻子“天气这么寒冷，小孩子整天穿得似陀螺，很不利于健康成长”等坚不可摧的理由面前，我又失招了。应允吧，脚在她身上，还能捆住不让走？

妻子在南迁前，大包小包地收拾了一大堆，似要把整个家都搬去一样。我知道，妻子尽管从小生长在四川某地的山旮旯里，但从花季少女开始，就长期生活在四季如春的南方，在多个城市之间穿梭十几年，受南方城市生活熏陶，就连个人的生活习惯都有了“广东味道”，比如饮食，她特喜欢甜的、酸的、卤的、蒸的、炖的、凉拌的、白切的，等等。我家现在一年四季都可以不吃咸辣的食物，把我这个以前吃饭没有辣椒吞不下肚的“辣不怕”，也驯化成了“广东崽”。

妻子投奔东莞长安镇的闺密后，我俩第一回过起了两地分居的“牛郎织女”生活。刚开始几天，我还觉得可以安安静静地坐下来啃几部名著，补充些文学“营养”，好好写几篇小品文，抒发下心怀。可日子却在这一天天的安静中渐渐孤独寂寞起来，让我总觉得一日三餐似乎少了“油烟滋味”，生活也开始干瘪起来。孤灯独影之下，满脑子总想着把小女儿搂在自己身边，一会躺在胸前，倚靠怀中撒娇；一会爬上肩膀，乔装骑马打闹取乐；一会又要我牵着她的小手下楼，去家门口的公园里溜达、玩游戏等情景。

我和妻子走在一起的日子，尽管生活中常有些磕磕碰碰，有过争争吵吵，但小日子过得算是平平淡淡，且一直没有长时间地分居过。或许，人就是种奇怪动物，在一起久了，觉得相互间都是些唠唠叨叨、婆婆妈妈的琐事，像老爸曾经捆柴火用的那条棕绳，时刻捆绑着自己的手脚。而一旦别离久了，才会想起在一起时那些平淡的日子，那些平淡的事情，其实就是人们苦苦追求的诗和远方！在妻儿南栖的时间里，当夜幕捂住卧室的窗台，灵魂闪现在床头时，一幕幕的心事牵着窗外的蓝月亮挤进房来，围着人转。

有人说，世界上不管你多么富有，多么位高权重，就怕精神空虚。这话，我信了。日复一日，当我带着一身疲惫，从工作中逃离回家，总会想起妻子在家时，煮饭做菜不用动手、衣裳换洗不用操心、上下班早点迟点回来没有顾忌的“逍遥自在”等。

时至寒冬，气温一天天骤降，上了点年纪者，我到了晚上，一个人钻进被窝，除了长时间热不起身子不说，还总觉得四处在透风，特别是肩膀、手臂，一时半刻没塞住，便觉得骨头都会冻起来，干咳声也会随即喷出口来。有时深更半夜被冻醒，半天睡不着，眼睁睁地望着天花板，转起身来，想看看书，神志又不清，书本上的文字怎么也装不进脑壳里去。冬天就是难挨。

妻儿南栖后，不像以前靠鸿雁传情，要十天半个月才能收到一封情长纸短的家书，虽然可以通过电话、微信视频等现代通讯，一家人天天“见面”聊天，倾诉衷肠，但时间就像一服“健忘药”，幼女因长时间见不到真实的我，渐渐对我的问候、关心、逗趣等举动“陌生”起来，半月过后，竟然在视频时连“爸爸”都不愿叫了，有时还一“见面”就心揪得哭泣起来。

女儿的陌生与眼泪，撩拨着我前往南方的情感琴弦，我甚至曾想撇下一身公务，去到温暖如春的南方御冬，去和妻儿一起共享亲情，可现实无奈，一来我全家几口，还靠着这点俸禄薪金养活，过着“吃不饱，饿不死”的日子；二来自己离退休年龄没有多少光景了，丢下很不划算，自己辛辛苦苦拼搏了三十多年，不就是想着老了有份“劳保”，吃穿不愁，颐养天年？第三嘛，真要是丢下现有这份算是体面、可光宗耀祖的工作，还真对不起父母几十年前省吃俭用、盼子成龙的殷切期望，既有损了祖训，被人戳脊梁骨，又会被人笑话，笑我辈太儿女情长，离不开女人等。于是乎，还是放弃了这种不现实的想法。于是乎，我也把自己的想法跟妻子进行交流。妻子一听，更是急了，讲我是脑袋瓜进水了。态度明朗且坚决。

二

难挨的日子过去一个多月后，我带着眷念，轻车简从，来到了妻儿徙居的南方长安镇。下车后，妻子带着我穿过一条狭窄的街道，左拐右转，来到一栋半新不旧的民居楼房前，开启电子锁，里面不到十个平方米的过道上摆满了各式各样的电动单车。乘坐电梯到妻儿住的七楼，女儿牵着我的手在楼道上走着，我心里却诧异起来，一条两人都没法并行的楼道，铁门一条挨着一条，各门口还凌乱地放着主人穿过的鞋子、使用过的酒瓶、生活中产生的垃圾等，整条楼道甚至连路灯都没有。妻子告诉我，这边的楼房都是本地人自家建的，全是租给外来人住的，寸土寸金。

妻子居住的705房，也是一间不到二十平方米的低矮房子，但里面配置有洗手间和厨房。我简直不敢相信自己的眼睛。在来探望妻子之前，我曾设想着妻儿是租住在一间依山傍水，不说恰似皇宫别墅，起码也是一间比家里条件好多了的房间，真没想到，会是这般景象？

走进房里，女儿开始撒娇，我顺手把女儿搂抱起来，要她叫“爸爸”，女儿还不太会讲话，她没叫“爸爸”，只是把头紧紧地贴在我的颈脖。那一刻，从女儿那稚嫩的皮肤里传递过来的温情就像口中含着的一颗巧克力，简直可以把人心融化。

见我站在房子里东张西望，妻子忙给我介绍说：这条凳子是在隔壁一个人家搬走时捡的；这条放碗筷和生活用品的长桌子是从闺密家搬来临时用的；这张简易的小饭桌是房东配的……妻子如数家珍地说着，我的心里却忐忑起来：在家住着一百五六十平方米的房子，还说东西没地方堆的她，怎么会喜欢上这样的角落？怎么能在这种条件堪忧的环境下生活得有滋有味？怎么……一连串的问号塞满了我的脑门子。随后，我想起了电影《外来妹》里的生活场景：一张工棚里，挤满了人，堆满了物，盛满了喜怒哀乐等；我想起了歌手杨钰莹唱的“我不想说，我很亲切，我不想说，我很纯洁，可是我不能拒绝心中的感觉，看看可爱的天，摸摸真实的脸，你的心情，我能理解，许多的爱，我能拒绝，许多的……”

走进妻子那间摆放着一张简易大床、堆满衣物、活动空间极小的卧室，率先跳进我眼睛的是粘贴在窗户玻璃上的一行黄底黑字——“易流 GPS，全程监控”。看后，我心口收紧，默想，这是什么地方，还用得着家家户户都装 GPS 吗？难道我在这里生活的每一天，也都被他人监控监视？嗨，现代的城里人啦，生活得也太没有安全感了！还不如我老家农村，路不拾遗，夜不闭户，全村数千人安然地聚居，大家不用你防我、我防你，一年四季都很少“铁将军”守门，谁家里有好吃好喝的，还会扯进去一起“举杯邀明月”，把盏交杯论长短。那样的生活场景、人间状态多好呀。

从冷风嗖嗖的南岭之北，来到和风丽日的南方长安镇，我似金蝉脱壳，把身上的保暖衣裤脱得只剩下一件贴身衣裳，晚上睡到床上也没有像老家那样，钻进被窝里，把厚厚的棉被裹起来，还总觉得四处都像有鼓风机在吹一样，特别是肩膀、手臂，再没有冷得连骨头都会冻起来的感觉。那一夜，我躺在薄薄的被单上感受着夏季般的温暖，感受着一家人在一起的温情与温馨。

每个城市有每个城市的生活习俗，每个人有每个人的生存习惯。我每到一个城市，都会从早晨开始，去认知和感受这个城市的“不一样”。次日清晨，我还在酣眠中，一阵阵“叮叮咚咚”的机械轰鸣声就把我惊醒过来。似往常一样，我换上运动衫，按照手机高清地图上提示的线路直奔长安马头山公园。奔跑在长安的街道上，尽管天色灰蒙，不够大亮，可公路两侧的建筑工地上，工人们好多都已站在脚手架上做事，开启马达，敲敲打打，粘贴瓷砖，等等。临街的各类工厂、作坊里，务工者都撸起袖子，投身到繁忙的工作中。公路上，各种运输车川流不息，车来车往，卷起串串黄尘。公路两旁的树木，甚至连住户门口的绿色植物，都盖着一层厚薄不一的尘埃。劳作的人们都在不负韶华，只争朝夕。

进入公园，除了偶见几位年长者慢悠悠地在散步外，根本就不像我老家的公园里，不管是晚饭后还是大清早，都会骤响起各种各样的广场舞、交际舞等乐曲，人们这儿一批，那儿一群，或跳舞，或练太极，或跑步，或吹笛子，或挥舞刀剑等，整个广场公园里都是悠闲地锻炼身体的人们。空荡荡的公园让我感到很意外。

这种意外在肚子里憋了一会后，我停住脚步，在一个摆放着许多健身器材的地段，有意向身边的健身者问道："你们这里的人，是不是都不喜欢搞锻炼，搞健身？"几位讲广东口音的健身者几乎异口同声回答："不是这样子的了，大家是没得时间搞，都在办厂做事赚钱了。"爬上公园的山顶，站在一个制高点上，我往东西两侧的城区望去，到处可见大片大片用绿色、红色、灰色简易瓦片盖的厂房。

晨跑回到妻子住处，刚进楼门，一位中年汉子见我人生面不熟，立刻从旁边的传达室起身走出来，很严肃地对着我叫："你是干什么的，出示下你的身份证。"中年汉子的话，硬邦邦的。我一听，收住脚步，循声望去，答道："我是刚来的，我妻子住在楼上。看，房门钥匙在这。"或许是见我揣有房门钥匙，且长着一张慈善亲和的脸庞，不像"下三滥"之辈，中年汉子在问清了我的相关情况后，便降低声音告诉我说："哦，是这样的，我们是老乡，你不会住蛮久吧，要是住久了，公安派出所来查房，你就说是刚来探亲，不然，你被抓走，我也会被抓起去。”我笑允道。回到房间，我把刚在楼下发生的事情跟妻子陈述，妻子笑着说：“是要登记的，这里的派出所经常查房，没有办证的会带人走。”

闲暇之余，我询问多位老乡，聊起他们在外创业的艰辛，一个共同的感受就是：人在他乡中，创业百事艰。雷总是我妻子闺密的老公，他说：“自己看似有车有房有企业，可每天眼睛一睁爬起床，就要干到晚上十点钟左右，回家后，洗个澡，就什么都不想干了。不是家里人想象得那么好，每赚一块钱，都浸透了汗水……”一位叫胡威的年轻人，是从北京卫戍部队回来的退伍兵，十年前跟着堂叔出来闯荡，而今成了一家年产值过亿元的制造公司老板，他感言：“我是趁着自己年轻，出来闯一闯，年轻人嘛，有梦想，又舍得付出，广东的世界还是比家乡大，干事的路子多。”谈到在外创业的艰辛，他伸开双手说：“我觉得也没什么，关键是靠你的思维能力，看你能不能跟上社会发展的节拍，你必须去适应环境，而不能让环境来适应你，我身边的某些人就把自己的定位搞反了，怎么会有收获？”听着胡威的阐释，我举起了大拇指，点赞！

三

时隔两天，我携妻儿来到了具有浓郁历史人文底蕴的东莞石龙镇，拜访在政府部门工作的老战友胡某。一踏上石龙镇，明显就有快生活与慢生活的两种感觉。在畅游了石龙镇的千年古街和部分革命旧址后，老战友告诉我，长安镇与石龙镇是东莞市南北两个特色鲜明、发展迥异的镇，长安镇的工业非常发达，主要是发展制造工业，上规模企业多如牛毛，政府每年的财政收入都排在全市前面，多达 100 多个亿，比内地的很多县市区都厉害多了。而石龙镇则不同，地理位置特殊，有着三千五百多年的文明史和八百多年的建城史，历史上曾两次设市，成为邻近镇（区）经济、文化和商贸中心。明末清初以来，还是广东省的著名商埠，并与广州、佛山、陈村一起被誉为广东“四大名镇”。同时，石龙还是块红色的革命沃土，孙中山、周恩来、朱德等革命先驱都曾经在这片热土上留下了光辉的史诗，现在的中山街上还保留着刘德华祖父曾经居住的商铺楼房。镇上经济主要以旅游观光为主，所以石龙人的生活节奏都不像长安人那么热火朝天，只争朝夕。石龙是座消费型城镇，外来游人比较多……老战友从古至今，口若悬河，俨然是位娴熟的文史解说员。

离开石龙，我联想近日来的南方生活，陡生灵感，油然想起这样一句话：一个人，腹有诗书才能气自华，一座城市唯有厚重才显品味，一部作品缺少精彩怎成经典？一连几天，我携妻带儿，徜徉在南方多个城市景区景色之中，采撷人文，体悟乡俗，饱览山川，写下了《南方——冬之春》：

找不到冬韵的南方之晨
到处奔跑着春姑娘的倩影
东江河两岸
挂满胡须的榕树老人
总在拉扯游人的衣襟，
醉蝶花的香醇
醉了蜂翁醉了游人
八角梅的笑靥
怒放成春天的请柬
木棉树的英姿
犹如火炬映红苍穹
……

沐浴在南方的冬日暖阳之下，日子也似高铁加速溜走。在妻子帮我收拾行李之际，幼女似乎感知我又将离开，随即寸步不离，或拽着我的衣襟，或钳着我的手指，调皮撒娇。临行前，我跟妻子说："等下去车站，你就把她带开，不用送我，不让她知道。"妻子若无其事地说："没关系，她小屁孩子，懂什么，你走就是了。"我想，也是了，孩子连话都还不会说几句，怎知人间冷暖，便抱着孩子叽叽歪歪地向着公共汽车站赶去。见汽车进站，我有意没打招呼，快速挤上车去。然而，透过车窗，只见小女儿盯着车子正号啕大哭。坐在疾驶奔驰的高铁上，妻子发来视频，且说她赖在汽车站台足足哭了有半个小时。我打开一看，女儿泪流满面，稚嫩的哭泣声从手机上射出，犹如针尖，声声锥刺在我的心田。我，一行老泪，洒满了归途。

新春将至，妻儿仍在南栖，他乡别离，我心牵绊，你们母女都还好吗？

岩洞内，
藏有多少故事

横亘在老祖屋东面的后龙山上，一条起伏的山麓常顶着一坨坨棉絮般的浮云。春天里，缀在山坡上的野杜鹃，似妈妈五十年前常穿着的碎花衣裳；入秋后，披挂在油茶树上的雪白的油茶花，恰如插在母亲头顶的白色茶花发夹，总在我的心底里，一闪一眨。

老屋的后龙山不高，海拔不足千米，在绵延不足 3000 米的山脉间，却潜藏着好几口天然的石灰岩洞，洞名都颇有味道，什么狸虎岩、金鸡岩，什么婆婆岩、斋公岩，什么井口岩、鳌头岩等，我和发小们的童年记忆，许多都藏在了岩洞里，只是在岁月的轮回中，我又时常会把深藏洞中的故事一页页翻读起来。

一

在一座叫猫仔头的山岭上，据说在新中国成立初期，还是古木参天，整座山见不到巴掌大的一块山地，即使到了冬季，也是绿毯葱郁。爬上山顶，在晴天丽日里，可鸟瞰周围三五十公里的广袤天地。那座叫狸虎岩的岩洞，就坐落在猫仔头岭的一个山坳处，洞口朝南，似张狮子口，仰天长啸，洞深二三十米，太阳西垂时，透过洞口的绿色植物穿入洞中，似一把把长矛刺进挂满石笋、石柱、石帘的洞壁。洞内，可容纳数千人。1852 年，太平天国湖南天地会义军尹上英曾在此练兵习武，洞口是他的跑马射箭坪。

1852 年初，俊才上英，又名石保，家境富足，乐善好施，受命于太平军，与朱洪英分别在广东、湖南组建并领导天地会，他以老家的后龙山和狸虎岩为大本营，聚众两千余人，于当年农历十月初十，举旗反清，先后在桂阳、临武、宁远、连州、道州一带劫富平仓，四次攻克嘉禾城。随着尹上英义军的一次次告捷，其声威大振，义军最后增至四万余人。清廷震惊，曾国藩遂派湘军王珍领兵前来“围剿”。后因驰援广西天地会朱洪英、胡有禄等部受重挫，义军损失甚巨。1855 年 2 月，清廷搜捕义军，尹上英怕株连九族，携子隐蔽于蓝山石鼓塘村本族人家时，被清军抓捕，押往蓝山县城。在狱中，尹上英曾题诗一首：“没有会着太平军，今生今世不甘心，阴曹地府打一转，誓灭清妖待来生。”农历三月初七，尹上英在蓝山县城被五马分尸，英勇就义。尹上英死后，石达开、杨秀清等人为他报仇雪恨，三年过后，提着杀害尹上英的刽子手的头颅来到狸虎岩祭祀兄弟英魂，并在他的故居墙上亲笔写下“要他称王不称王，临蓝嘉边任留连，若是冲上江西去，恐怕历史要重编”的感言。

2015 年 10 月，湖南省文物局老专家谢武经等人在对嘉禾天地会旧址群及上英公园进行实地考证后，说：“到目前为止，在湖南省内以天地会命名兴建的公园只有嘉禾，特别是公园内由国务院原副总理耿飚题写的碑文，很有考究价值，它是目前湖南省内唯一保存太平天国义军旧址群的地方。”

二

与狸虎岩相隔不到 500 米的另一座山坳间，那座斋公岩的故事更让人感觉神秘几分，有正史，有野史，扑朔迷离。谱记，该洞又名凤凰庙，毗邻湖南临武县与嘉禾县的一条古栈道，洞口向南，高大宽阔，洞前有山泉水，洞身似蜗牛状旋入山中。洞口两边建有庙堂，曾是南岳通天庙的一部分，住有许多和尚，香火旺盛，信徒如云。据说，庙中曾有一和尚，六根不清净，耐不住寂寞，时常下山偷食“人间烟火”，东窗事发后，被村民倒挂邻村祠堂，活活饿死，留下了“斋公岩和尚不清净，偷食人间烟火情，下山进村留野种，扒皮倒挂成狗熊”的笑谈。

时光回溯至 1934 年 11 月，红八军团经桂阳进入嘉禾龙潭、袁家，在嘉禾塘村锻造军械装备，补充兵役军饷时，受到围歼，部队退驻到易守难攻的尹家村祠堂。村民慷慨解囊，杀猪送粮，犒劳红军，有几位官兵身负重伤，当时擅长中草药，在方圆享有盛名的村长尹国障在自己重病卧床之际，让人抬着上山采药，并用饭鼎锅给红军战士熬药嚼服。1996年10月，在纪念红军长征胜利60周年时，国务院原副总理、全国人大常委会原副委员长耿飚曾欣然为尹家公祠题词：情系长征路！2014年1月，村民尹振石在六字塘旁的老书公寺的一间老公房上建房子，下基脚时，挖出二十多把枪支来。后经有关人员比对，这些枪支与江西瑞金博物馆展出的红军长征时期留下的步枪一模一样。

1945年1月21日，日本第40师团驻道县的第234、235联队主力部队五六千人，经蓝山进入嘉禾，企图在塘村进行补给，谁知塘村墟周边的民众在日本大部队到来之际，除了一些抗战人士外，妇幼老少都早早藏到了尹家村几个岩洞去了。斋公岩因此又被周边的群众誉为“佑民岩”。

三

从斋公岩的山背上，越过几道坳，穿过几道峰，在一座叫大布岭的半山上，又有一座岩洞，名叫婆婆岩，深藏在一片怪石丛林间，十分隐蔽。洞口插满了灌木荆棘，洞身悠长，有两三公里。洞内怪石嶙峋，灯光照射，奇光异彩。这里也曾是日本军侵袭塘村时，躲藏镇上居民最多且最安全的地方。此洞可以从北进从南出，还可以从洞底进从山顶出，酷似电影《地道战》里的防空洞。当时，有村民躲藏其中，还留下了一句顺口溜：“婆婆岩，观音房，留下一副好心肠，要是日本鬼子找进岩，关门打狗，杀得他们屁滚尿流喊爹娘。”

据村里的老人传说，婆婆岩还藏有一个神话故事：相传几千年前，曾经有一天仙女下凡，要与村民结婚生子，王母娘娘知道后，派天兵下凡抓捕。家婆为护佑已身怀自家血脉的儿媳，便趁着漆黑的夜晚，领着儿媳一脚深一脚浅地摸到岩洞，选择了一处较宽敞的石壁边安顿。把儿媳藏进婆婆岩后，家婆便每天化装成村民上山劳作，或用箩筐挑送食物，或用衣襟包裹食品，每天不管打雷下雨、山路崎岖泞滑，坚持给儿媳送饭送菜。而在天仙女给她家生下“龙凤胎”的当天晚上，家婆在返回村子的路上，踩到一条横路而过的扁头蛇，被毒蛇噬咬后，家婆还没走进家门，便“哐当”一声，倒在了自己家的门墩边，再也没有醒来。家婆走后，仙女悔恨交加，整天以泪洗面，她知道这是王母娘娘对她的惩罚，她不想再殃及池鱼，毅然主动返回天宫，留下了千古吟唱：“仙女有情降人间，生儿育女喜空前，可恨王母太绝情，噬咬百姓与家娘，仙女无奈腾云去，留下子孙望月光，望月光呀盼娘娘，银河天堑思儿男。”

老家山麓间潜藏的一条条山洞，到底藏有多少故事，又流失了多少故事，吾辈无法考究，但岩洞里衍生的历史记忆实在值得珍藏留韵。

含珠楼

我所居住的小山城，掰指头，只属四线城市。我这样无职无权之辈，卡喉咙积攒几十年，才在城乡接合部买下一片遮挡头顶的住所。

住所的名儿，很有点意思——含珠楼。刚开始时，没注意，闲暇之余细品，觉得还是有味道。从字面看，它符合咱中国人的心愿，人人都希望自己和家人，长相，珠圆玉润；财运，珠光宝气；做事，慧眼识珠；学问，妙语连珠；事业，珠璧交辉；婚姻，珠联璧合……总之，拥有的一切都要是美好的、幸福的，就像歌曲“好的请过来，不好的请走开”那样。从地理位置来看，它更让我浮想联翩：它恰似朝鲜半岛的三八线；恰似德国曾经的柏林墙一边推崇的是资本主义制度，一边运行的是社会主义体制，含珠楼则一边演绎的是“阳春白雪”，一边生长的是“下里巴人”；一边主演的是“黑脸包公”，一边吟唱的是“白蛇娘娘”，是典型的一屋“两重天”。我从内心里佩服当初给楼盘取名的当事人。

和风丽日，春暖花开时节，每天早上起来，我往南推开窗户，透过街道边葳蕤的景观树，便可领略人民广场上踏着“蹦蹦”鼓点，正在唱歌、跳舞、练剑、打太极拳的中老年人的风姿；往北拉开窗帘，赶早在田地里弯腰栽种各类幼苗，或收摘成熟蔬菜，蹒跚在田埂间的老农的皓首苍颜，迅即会钻进我的眼球。夏夜里，站在南面的阳台上，尽管大街上，车流划出多彩轨迹，霓虹扭着腰肢，总想赢得几分赞许，但一股股从钢筋水泥楼盘里被空调挤压出来的暖流，砸到脸上，头脑总有种被人推搡的感觉，压抑得很；而倚靠北面的阳台，托腮眼望，夜幕下，看田野里萤火虫曼舞着微光，划出了隐隐约约的银丝线，听青蛙、蟋蟀合奏的夜光曲，迎着柔婉的夜风，全身心的劳累和疲惫就像穿了一整天的工作装被脱褪下来，清爽舒畅至极。

我等山边牯一个，能在城里找片遮风挡雨的地方，一直都是一种夙愿。讲实在话，当初在我下定决心购买含珠楼时，也有好心人劝道：这地方有什么好，像建筑工地上的“边角料”，既不是城市小区，又没田土风独门独户的，洋不洋，土不土，男不男，女不女……如此良言，我是左边耳朵进，右边耳朵出，根本就没当回事，只在乎价格是否合理，性价比是否能接受。

不像小区楼盘，含珠楼不大，仅住着十多户人家，但住户类别复杂，有干部，有职工，有包工头，有打工仔，有城镇原居民、有临时租住的，可说是“包罗万象”。

整栋楼住户都已住满，有善心者曾召集各位商榷：大家有缘住到一起，关起总大门就是一家亲，要有“远亲不如近邻”的思想，以后有什么事情都要相互理解包容，相互支持帮助，相濡以沫，其乐融融，共同营造一个美好的安居环境。然而，社会复杂，人心隔肚皮。

平日里，楼上楼下，各家各户，仍旧是进门后“哐当”一声，钻进自己的温情窝，游弋在温柔乡里，只管自己门前雪，哪管他人瓦上霜。闲暇之余静思，我真的好羡慕老家那种“夜不闭户，路不拾遗”，东家赶墟时买了一斤柑橘，要分半斤给左邻右舍的小孩吃；西家杀了过年猪，猪心、猪肝、猪肺，要煮上一大锅，请左邻右舍打牙祭的淳朴场景。生活两年后，一些细节问题出现了：楼道脏了，长时间没人扫；路灯坏了，下水道堵了，谁出钱修？空调水怎么排放？这些难题就像一道道考题，拷问着住户的人性、良心、公德心等。

俗话说，林子大了，什么鸟都有，既然住户来自四面八方，素质高低不一，就难免有鱼目混珠。一日，住底层的某老板站在楼栋前叫嚷：楼上哪户人家，要收紧你的手脚，管好你的家人，请不要随意往楼下扔杂物，万一砸伤人了，可是要负责任的。底楼老板的叫嚷声很委婉，也有几分文明。可随着时间消逝，慢慢就淡出了人们的记忆。不经意间，该丢的果皮照丢，该扔的废纸照扔。又一日，底层的某老板没站在楼栋前大声叫嚷，而是采用一种过激的方式在楼道入口处贴了两张 20 世纪五六十年代最常用的大字报，且图文并茂。我第一眼看到后，真的好想把它撕碎，觉得像被人无缘无故掴了耳光，有失我们含珠楼住户的脸面和体面，要是让外来人员或亲友们看到，觉得我就生活在这样的环境？到时候，会不会也“近墨者黑”，成了“下三滥”？当时，我真的很忐忑，几次伸手要去撕扯，可猜想，某老板在使用“往楼下扔垃圾，全家死绝，死光光”等过激言辞时，也会考虑自身的影响，也要惦念自身的人格魅力等问题。要知道，咱中国人向来都是“死要面子活受罪”的那种，更何况是在自己的跟前“挖坑”。于是乎，我又收回了手。我想，这种办法未尝不是一种有效的手段。

或许，是某老板那种“以毒攻毒”的办法真的起到了功效。这些年来，含珠楼里的日子倒过得相安无事，舒心气爽。楼上楼下见面问声好，谁家有喜事还相互宴请一起，拉家常，话麻桑，其乐融融。

家住在顶楼的小雷，是位从部队退伍多年的小战士，秉性憨厚，衣裳简朴，与人见面，常堆满笑靥，总是“叔叔、叔叔”叫个不停。早几年，小两口都在给别人打工，女的到工厂做针织；男的临聘到机关单位当文员，夫唱妇随，每天都是早出晚归的。

生下小孩后，他们把老妈子从农村接到了城里带孙崽，小日子虽然过得并不富足，但常见他一家三代有说有笑、无拘无束地进出含珠楼。我常想，老家村口的鱼塘，虽然平淡无奇，荡不起惊涛骇浪，但水塘里的鱼儿却从没内讧内斗，生活得自由自在。小雷两口子的生活就是这样，他们就真的比口中含着“珠宝”还幸福。

去年，在全县的公职人员选聘公示栏前，我看到了小雷的名字，心中“唰”地涌起几分欣慰，就好像自家的孩子中了“状元”，考上了清华、北大一样，一种自豪感油然而起。事后，我从小雷的老妈口中得知，小雷自小就是个很要强上进的孩子，高中毕业落榜后，就去北方当了兵，服役期间，他咬牙争气，顺利拿下了法律本科的文凭。退伍后，他又摒弃去大城市就业务工的念头，长时间在县直机关单位干着低收入、高难度的临时工，可他从没吭句声，默默地沿着自己的人生目标一步步奋进……听着小雷老妈的诠释，我想起了“是金子总会发光”那句哲语。

含珠楼的北面是城中村居民仅有的责任田土，每天都可看到阿公挑着箩筐、尿桶，担着煤灰、粪便，背着铁锄、铁耙，阿婆紧随其后，从楼门口穿梭而过。城中村的居民尽管生活环境变化快，但勤劳的本色不会变，他们每天就像田洞间的溪流一样，不管是春暖花开，还是酷暑寒冬，他们都会照着春耕、夏种、秋收、冬藏的节律，把汗水洒在田垄，把辛劳插进菜畦，把日子塞进谷仓。

从田野到含珠楼，有条溪，过溪要上一道坡。每天清早，挑着大筐小筐青菜萝卜、香菜大蒜进城的阿公阿婆，累了，都会在含珠楼前撂下担子，歇脚换气。为节约早上的买菜时间，我便“拦路打劫”般常在含珠楼下等候，见有自己心仪的时令蔬菜，不问价格，不看斤两，采购全家人一天的所需。有对一高一矮的夫妻，虽然满头的青丝找不出半根银发，但脸上被岁月雕琢的沟壑酷似久旱稻田里的裂痕，让人读懂他们曾经生活的艰辛。阿公高挑，足有一点七米，经常头上戴着一顶探照灯，颈脖上披挂一条长汗巾。阿婆身高没到阿公的肩膀尖，体态有些臃肿，爱说爱笑，每次见到人，嘴巴就像赵丽蓉说相声，话语一串串地溜出来。阿公阿婆到田地里收菜赶早，有时忘记带秤杆，我就随他们给，说多少认多少。阿公阿婆，见我爽快，不是斤斤计较之辈，他们也落落大方，用手指掐多少就多少，经常是故意多掐点。我出身于农家，觉得他们种点菜不容易，自己不能占便宜，常有意不找零钱，阿婆坚决不收，嘴里还一个劲地说：“我们又不是街边菜贩子，自家田地里长的，送点你们，也没关系哦。” 含珠楼前，简直成了天然的农贸菜市场。

楼上章哥家的媳妇是位外来妹，曾长时间在广州、深圳、东莞、海南等沿海城市打拼，过惯了城市生活，对什么事情都有点不拘小节，看成顺理成章。她家小孩还小，有时冰箱里没了蔬菜，可又想给小孩添补维生素。于是，便跑到楼后的菜地里去摘几根新鲜脆嫩的红薯叶、空心菜芽等。别人讲她不能这样，她却毫不介意地回答："就这么两根，你要多少钱嘛。"老觉得菜农小气、不近人情。一次，两次，众菜农见她总是满不在乎，便在一个金秋的下午给她来了个"下马威"，当她躬身摘取路边的红薯叶时，把她逮着，并怒斥她是"强盗""小偷"。她一听，感觉遭到了别人侮辱，自己明来明往，不遮不掩，怎么就成了"强盗""小偷"了，还扯高嗓子跟人"斗嘴"。见田地里的菜农都要围拢过来，她怕吃哑巴亏，随即一边往回走，一边仍旧气势汹汹地跟别人理论，让菜农更是恼火。菜农见她不是本地人，听不懂方言，便紧跟其后，找到家里来。章哥见众人登门"兴师问罪"，且怒气冲冲，在问清缘由后，立刻黑沉着脸训斥爱人，说："不管你摘了多少，那都是别人辛勤劳动的结果，别人不愿意给你，就不能去摘。摘了，就要给钱。"随后，又满脸堆笑地跟几位老农赔不是，说她是"外来妹"，不懂规矩，又听不懂方言，请各位老叔包涵见谅。见章哥再三地诚心道歉，赔不是，几位菜农留下几句硬核话后，才顺着楼道的台阶离去。

而从含珠楼跨越百余步，则是另外一种景象。在一大片竖立着各种健身器材的广场上，每天夜幕还没拉扯开，一些上了年纪的阿公阿婆、大哥大嫂，就像赶早市一般，来到广场上劈腿、扭腰、吊杆、练剑、跳舞、慢跑等，活动之余，他们常会聚拢一坨，把自己在前一天听到、搜到、看到的诸如某省一位副省长贪污过亿被双规了、某村一家人养了十多年的耕牛用牛角撞死了主人、某地一位局长与N个女下属有不正当性生活；某外国明星艺人曾经被谁包养过多年等国际国内的大事、喜事、怪事都抖出来，或评论，或打趣，或争得面红耳赤。来此“炼油”的，有好胜者、逞能者、嘴馋者，也有沉默寡言者等，大家谁都不甘心成为看客听众，都想展露自己的博兴雅趣，整个体育广场就像20世纪的农村夜校，我从中还掌握了不少书本上学不到的常识。

某日，一矮小的白头翁，见一年纪稍轻者做俯卧撑时不规范，站在侧面“叽里咕噜”讲了一大堆“挑刺话”，年轻者，听得心烦，“嗖”地爬起来，手指着白头翁说：“我这是锻炼身体，不是参加比赛。你说你行，那我们来比试一下。”白头翁见年轻人手指着自己，心头也来了火气：“比什么比，我年轻时，肯定比你强，我做俯卧撑时，你还……”见两个人相互手指交锋，场上气氛瞬间起了“火药味”，众人便出面拉扯、调停。随后，众人都悻悻离场，回归自己的小天地。

我家小千金仅有不到千日的人生历程，但她一蹦进公园广场，就会向着有音乐飘出的地方奔跑。站在一堆拉二胡、吹唢呐、唱花灯、京剧的民间艺人跟前，她的小脚似被磁铁吸住，静静地立着。听到高兴处，她还会张开小手，一边鼓掌，一边吼着大人们听不懂的“童语”，让现场的歌手、鼓乐手们都笑得前俯后仰，竖起大拇指。每次回到家里，她都会“咿咿呀呀”地依着花灯、京剧的曲调重复唱起来。

古人云：家家都有本难念的经。生活在含珠楼的三千来个日日夜夜，我恰似在精读着一本中西并用、洋土结合的“百科书”，品尝着一桌城乡并举、五味俱全的“大杂烩”。含珠楼的世界真的很大，含珠楼的世界也真的很小！

花溪河畔的铁铺

流淌愁绪与心事的花溪河畔，悬挂着一间铁铺。暮春时节，我循着河溪堤坝，追寻没被溪水湮没、时光卷走的忆念。

花溪河是从我老家山野里汇聚溪水而成的一条溪流。清澈的溪水滚雪球般在我家老屋门前拐了个弯，缓慢下来，成为我和伙计们的天然游泳池，浸泡着童稚，滋润着情愫。

花溪河上，横亘着许多桥，石拱桥、石墩桥、石板桥等，每座桥都连接一片稻田、几座山堡，给村民的生活架起了七色彩虹。孩童时期，我们去赶墟、上学，都要穿过一座座的石桥。放学时，总会停留在石桥上玩些捡石子、打三角板比赛的小游戏，把童趣都叩在了石桥上。花溪河岸，仍生长着许多经风历雨的枫树、樟树、蚊子树、紫木树及花草，古树枝干都伏到河床上，有些枝叶还与河水“亲吻”着。

溪水要穿过一个叫花田的村庄，在离开村子不到一华里的河坝旁，耸起一间铁铺，铁铺由三根水桶粗的木柱头插入河床支撑着。离开铁铺两米左右处，有一棵老树，枝蔓覆盖了半边河床。树干犹似深山老林里的古木，两米以下，见不到青灰色树皮，全被青苔和藤蔓披裹着，在一些凹凸处，还长有蒲公英、狗牙菜和一些的不知名的野草。树叶葳蕤，太阳想钻下来窥探都找不到缝隙。

读中学书时，铁铺是我每天都要经过的驿站。铁铺的主人姓邹，背脊微驼，瓜子脸，手艺在方圆几华里都响当当，打铁器，身怀祖传绝技，已是第四代传人。

铁铺的紫木树旁，有一座用条石堆砌的单孔石拱桥，似铁匠的腰，弯拱在东西两端。桥面有两三米宽，石缝间爬满了紫藤蔓，一年四季挂在条石上，犹如老爷爷的胡须。石桥是附近村民出行的必经之路。酷暑日，过往村民会钻到桥下歇歇脚。遇到下雨天，桥拱则成了避雨亭，和着“哗啦啦”钢琴曲般的流水声，小孩子嬉戏，大人则扯些孩子们听不懂的风花雪月事，任山风一阵阵在桥孔穿掠，任时光随溪水流淌，悠闲自在，其乐融融。

铁铺老板家有一女孩两男孩，女孩常扎个马尾辫，甩在身后，穿件时髦的花格子的确良衬衫。父母亲在屋里“叮叮当当”打铁，她则捧本书，或倚在门边翻，或坐在门口看。我和村里几位心头冒火的小少年，时常借着躲雨、乘凉，或讨杯水喝，站到铁铺屋檐下去，偶尔用余光偷偷地瞥一眼小女孩。有好些次，我的眼神与小女孩的目光相遇，就像电焊工的铬铁头，立刻闪出火花，我心里“嘣嘣嘣”地加速跳，脸庞像被人抹了辣椒粉，燥热得很。每当这时，我就会瞬间把余光移开，羞涩地等着心跳平稳安逸。

铁铺老板夫妇是当地有名的铁匠，最擅长打别人嫌麻烦、工艺复杂的双层篾刀、三节火炉钩、圆形糍粑灯盏之类的实用物品。夫妻俩演员般默契，男的打小锤，主造型；女的甩大锤，跟着老公小锤指点的位置砸。每次我们躲雨歇凉拱进她家，立在灶台前观摩，他们都不在意，叮叮当当，依旧干得欢畅。火花映着他们的大花脸，汗滴把粉尘勾兑成“胭脂”，涂抹在他们的脸庞。观看打铁，我最喜欢盯着男主人手握铁夹，把一块锻打成型的刀具、弯钩快速插进水桶淬火，铁器发出“嗞嗞”响声，冒出串串蒸汽泡的场景。

铁匠铺的女主人善解人意，每次见我们这些读书仔站进屋来，她会抢抓丈夫停锤、拉风箱、烧铁块的间隙，跑到厨房提出一只锃光瓦亮的铜茶壶和一支竹水勺，放在我们跟前，笑眯眯地叫我们自己倒茶喝。她家常用的茶是大茶，老家人叫老虎茶，生长在山坡的石缝间。村民砍回来后，剁成片或段，晒干后，用麻袋、纤维袋或谷箩筐来装载收藏，需要时再拿出来煮茶，茶水喝到嘴里，有种甘甜回味的感觉，特别止渴生津，成了人们生活的必备品。

站在铁铺前，我的心经常“走神”，忍不住要去搜寻小女孩的身影和声音。在每次碰撞的眼神中，小女孩仿佛读出了“韵味”。之后，只要我去她家躲雨、歇凉、喝水，她就低着头，赶紧藏在里屋，避而不见。

时至开花年岁，我顺着花溪河岸的石板路，带着花溪河上放飞的纸船，一路奔袭，投身到了浩渺的南海，戴上了红红的五星和红红的领章，成了岛礁上高脚屋里的守卫者和数星人，把念想揉进海天之间那道如血的霞光，每天与海鸥为伴、钢枪为伍，时常畅游在甲午海战英雄邓世昌对舰上所有将士发出“倭舰专恃吉野，苟沉此舰，足以夺其气而成事”的呐喊声中。夜幕降临，偶尔也会畅游在三毛与王洛宾、荷西、杏林子的故事里，哼起天边飘过的《故乡的云》。

多年后，我又来到花溪河边的那间铁铺，小女孩不在，门口只蹲着一只毛发洁白的狮子狗。那位曾经倒茶给我们喝的阿姨眯笑着说：她到东北读大学后，留在学校当了教师。

走出铁铺，我伫立在花溪河畔远眺，好像自己曾经放飞的那只纸船正从故乡的方向，穿过一座座的石拱桥，轻悠悠地向着铁铺漂来，载着满船的千纸鹤。

薯窖与车库

踏着四月春日的芳香，我又回到了瓦砾上涂满青苔、墙缝处长出狗尾巴草的老屋。伫立在锈迹斑斑的“铁将军”门槛前，父亲的水烟斗、弯扁担，母亲的防风帕、篾花箩，随之钻进脑门。

沉思良久，一个熟悉的声音搅乱我的思绪。“老庚呀，今天有空回来？”“哦，浩仔呀，今天镇上赶墟没去墟上耍？”“没去，现在是天天赶闹子，路又好走，想吃什么，开个车子，要不了一根烟久的时间就到了。走，你去我家坐下，好久不见了。”跟在浩仔的身后，我一步一念想，驰骋的思绪飞到了三十年前。

浩仔家的老屋跟我家是隔壁，我俩是老庚，从小到大都是连着裤脚。他没读多少书，但脑瓜子活得似泥鳅。因家境不好，从小在苦水里浸泡长大，做起事来酷似农夫用的四齿耙，扎进去就要见到硬泥底。村里人对他从小就竖起大拇指。

在老家村北,有座红泥土山堡,山上裸露着一个个圆圆的洞口,村里人管它叫红薯窖。里面窖藏着老家人过冬的红薯、土豆、山芋、南瓜、冬瓜等食物,也窖藏着我和浩仔及发小们的故事与梦幻。

红薯窖都选建在采光通透向阳、没有水浸的山坡边,先掘一个酒瓶状的圆洞口,有两米五左右深,再从底部选择两个对折的方向挖掘窖房。窖房有大有小,各家按需求挖掘,大的似现代人用的厨房,可堆放不少的东西,人在里面可以伸拳踢腿练武;小的如头水牛身,堆放几担红薯就满了。浩仔做事牢靠,村里很多红薯窖都融入了他的心智与汗水。记得他在帮村里一位“半边户”家挖掘薯窖时,因户主家的男人在外地的单位上班,家里经济活套,他便绞尽脑汁,帮户主家挖掘了两个像电影《地道战》里那样的地窖。主人高兴,等地窖搞完验收后,除了付工钱,还特地帮他在墟上买了一套当时最火的短袖运动衫,让他神气了好些日子。

在那个缺衣少粮的时代,我俩还时常做些恶作剧,邀几个贴心发小,身上捆根麻绳,悄悄潜入别人家的红薯窖,盗取一些红薯、土豆、山芋之类的食品,拿到另外的山头上,搜捡一些干枯的树枝,拔拽些冬日里的茅草,堆成一窝,烤熟一个吃一个,吃得嘴巴起泡,还津津有味。时隔几天,主人发现自家红薯窖的物品被盗后,难免会有人到村口街道叫骂。这时,浩仔会站在远远的地方回咒:“吃的吃得松(舒服),骂的嘴长疮。”我听着,忍不住咧嘴大笑。

浩仔成家立业后，先是随南下大潮涌到了东莞，帮别人做苦力活，当搬运工，后到一家工厂承办了一个食堂，赚到了第一桶金。有了资本后，他到镇上独自创办了一家毛线针织厂，承接港澳客商的订单。做生意，他讲诚信。听说在2008年世界金融危机时，他宁愿自己借高利贷，也要保证给老板按时按质供货。等金融风暴过后，老板感恩回报，给他投下更大的订单。他也鸟枪换成了大炮，厂子由小打小闹变成了规模企业……

“老庚，到我家了。”浩仔说着，从裤袋里掏出一串钥匙，用遥控器把房子旁边的一扇铝合金门徐徐打开。他家，我在几年前去坐过，房屋外墙不是贴瓷砖，用的全是大理石或花岗岩，房内落地窗帘、黄金灯饰、智能电器、仿古生活用品等家什，让人惊叹，如入宫殿，大饱眼福。

随着车库大门的升起，装饰一新的车库内一辆豪华版的奔驰轿车抢入眼帘。站在浩仔的车库门前，我俩又饶有兴趣地聊起了过往。

“嗨，真是三十年河东，三十年河西呀。我们去枞树岭煤矿挑煤卖的日子，还记得吗？那天下雪，我一脚踩空，连人带筐摔掉到几米深的山崖，裤子都戳烂了好几处，但我没叫一声苦，喊一声痛。”浩仔说起往事，脸上的笑容犹如被风刮走了。

“是啊，你是吉人自有天相，吃过的苦比别人多，流过的汗也可汇成河啦！现在不就是人上人啦！”我听着也有几分感叹。

“不过，还是现在的社会好，你看看我们村，虽然地处山旮旯，可水泥路修到了家门口，县里还把公交车也开进了村中间，让村里人有货不再用肩挑，到镇上做事也是坐公交……”谈起村里近些年来的变化，浩仔活像是位演说家，手舞足蹈。

我问浩仔现在村里有多少人家建起了专用的停车库，浩仔掰着指头数：“老三、麻拐、猴子、牛牯、溂桶的大儿子、华兴的二儿子……哈哈哈，数不清，起码有几十家。”听浩仔数点起这些人名，我的脑里再次泛起涟漪，回放起这些人曾经的过去和“不一样”的人生。

极目远眺，村子东面那片曾经留下我们身影、深藏童趣的山麓，已被一条条时隐时现的水泥公路铺成了“五线谱”，山里人久藏心底的颂歌正在山道间悦动起来。

镇长出嫁

春日，山风拂面。康丽副镇长又来到了狗婆洞村跛子叔家门口，跛子叔正坐在门前，摆着一条四方木凳，架着一张簸箕，剥着用来赶春种的花生种。“康闺女来了，自己进屋倒茶喝，我把这些花生剥完，下午要去种了，不然就会误阳春。”“我早几天不是跟你讲了，今年要改种红皮多子的花生吗？怎么又剥种这样的厚皮老花生呢？”跛子叔抿着嘴，没回答。

康丽站在跛子叔跟前，连问了几句，跛子叔仍然没回答。少许，她转身把摆在窗户边的一条竹椅子牵过来，与跛子叔面对面地坐着。在康丽坐稳身子瞬间，一条大黄狗从跛子叔隔壁的人家，摇着尾巴，径直来到康丽身子右边坐下，眼睛盯着跛子叔和簸箕里的花生。康丽放下手中的花生种，伸手从大黄狗的后颈往脊背上反复捋了几个回合。大黄狗静静地享受着。康丽一边剥着花生一边跟跛子叔闲聊着，身后，一条小黑狗也悄悄蹲坐在大黄狗的身边。

康丽是位 90 后大学选调生，出生在湘南一个小镇，父亲是镇上农技站干部，母亲是村小学老师，从小，父母亲忙碌的身影和俭朴的生活态度就似本厚厚的教科书，让她读进了心。

从跛子叔家赶往村党支部书记罗江家的路上，康丽环视着街巷两边整洁的房屋，脑海里又闪现起三年前自己进驻狗婆洞村时的一些人和事。

狗婆洞村是个省级贫困村，倚挂在骑田岭山麓下的倒天山脚。村里的房屋有些古老，房屋墙体一丈以下多半是灰砖，许多墙壁上还能看到“美帝国主义和一切反动派，都是纸老虎”之类的语录。大半木窗被山风熏成朱黑色，木窗上雕刻着八仙过海、龙腾虎跃、金玉满堂、花开富贵之类的图案，活灵活现。房顶上盖的全是青瓦，瓦砾间淤塞着枯枝落叶，许多还披着微绿的青苔。

康丽刚驻村时，村中只有一条被踩踏得光亮亮的青石板路，石块有的歪着“身子”，有的溜到路边的水溪，伏在路坡，成了水溪的“拦路虎”，青石块的泥缝间，长着杂草，许多残垣断壁的老屋，似村里的老人在向她倾诉着。记得第一天她到村里报到，村支部办公室却“铁将军”守着大门。打电话给罗江书记，罗江回话说：我在镇上办事，一下回不来。打村主任电话，主任告诉她:

我在隔壁村帮人家做泥水工。话毕，还阴阳怪气地甩给她一句刺耳话：你们是饱人不知饿汉饥，我们不做事，就连西北风都没得喝……一连找了几个，康丽都是“碰撞南墙”。

康丽心里郁闷：明明镇里都提前一天打电话通知村了，怎么会见不到人？是不是因为自己新来乍到，官职太小？是不是瞧不起自己这位小女孩……一连串的问号就像烧沸的滚开水，在她心底翻腾着。

那天上午，她在村里转悠来转悠去，直到太阳挂到西窗，跛子叔见她一位小闺女在村里头不停穿梭，于是，把她叫进房屋，问清缘由，随后，做了顿令她一辈子都无法忘却的油茶水饭。

油茶水，不是纯粹的茶水，而是一道工艺烦冗的食物，主料有用糯米煮熟，掰成小块，晒干，再用油炸成的爆米花；有红薯片、糍粑仔片；有玉米、花生米等，所有的食物都呈金黄色，吃在嘴里，脆、香、酥俱全。或许是在村里转悠了半天，肚子有点饥饿，跛子叔把一大碗的油茶水饭端到她跟前，康丽二话不说，端起大碗，仰头就把茶水往嘴巴里倒，可茶水还没吞进喉咙，她就瞬间跳起来把刚吸进嘴里的油茶水“不顾一切”喷射在地，张开嘴巴“烫死我了，烫死我了”喊着，还伸出被烫麻木的舌头，喘着粗气，一副丑态百出的样子。幸好，那天跛子叔家没有其他客人，不然，康丽就出“大名”了。事后，康丽才知道，这是当地人传承几千年、只有在招待上等贵客时才会做的一种美食。

狗婆洞村曾经流传着这样一句民谣：狗婆洞，苦行僧，十一二月没米斟，别家过年锅铲响，狗婆村人想断肠。狗婆洞村房叠房，后屋搭着前房梁，讨个媳妇没屋睡，半夜深更换床板。

康丽进驻狗婆洞村后，一边快速摸清老底，寻找死结突破口；一边领着村支两委站在村口谋划未来。俗话说“靠山吃山，靠水吃水”，狗婆洞村，有山有水，做活山水文章就是出路。会议一场接一场开，村民一位接一位谈。在新修狗婆垌引水渠时，正是太阳烈得似刀子的六七月天，康丽整天戴着一顶跛子叔家用得泛黄的草帽，泡在工地上，红过脸，挨过骂，一个多月过后，一张白净的脸蛋犹如贴上了一层朱色面膜，透亮得很。

……

不知不觉，康丽来到罗江书记家。书记正在跟一位村民聊扯着如何引进老板，把村里狗婆洞那几百亩山边田改种优质水果的事宜。“哎呀呀，两位老叔是在商量狗婆洞田土的事吧。这事，我看这样。我有位同学的老爸在广西贺州那边专门搞水果种植的，我对接了一下，他说过半个月会来村里看下，我觉得希望很大。你们看怎么样？”

“那好呀，如果能成，就真是天上掉馅饼了，我们先把前期准备工作做好，等老板过来。”听康丽说得有根有据，罗江书记

的脸上也笑成了房屋后面的映山红。

“呃，对了，罗江书记，我今天是特地来向您请假的。”等罗江书记把话讲完，康丽微红着脸说。

“什么呀，你是第一书记、是镇长，还向我请假？是不是要回去相亲了！”罗江书记盯着康丽一颦一笑，调侃起来。

见书记又将上演他的“花旦”角色，康丽也不再像刚来狗婆洞村那会儿“扭捏”，大声说道：“不是回去相亲，而是回家结婚。所以，特来向您请假报喜。”

“什么什么呀，你还真是‘不鸣则已，一鸣惊人’呀，这事怎么保密得这么好，没透一点风。好呀，祝贺你，我们嫁不出去的老美女镇长终于出嫁了。”罗江书记听着，瞬间站起身来，对着康丽双手作揖，“哦，对了，婚礼是什么时间？”

“怎么，问那么清楚干什么，我不是来请你们去喝酒的，我是来请婚假，回家结婚的。”康丽歪着头，噘着嘴，一脸的俏皮状。

等中午康丽副镇长走后，罗江书记立马打电话给村支两委，说晚上召开紧急会议，商议重大事宜。

一个星期过后，康丽的结婚日就要到了。罗江书记带着几名村干部和几位中青年妇女自发赶到了康丽副镇长的老家。康丽惊喜，却左右为难，骑虎难下。最后，还是罗江书记找来康丽的妈妈，把村民要来为康丽镇长唱一夜伴嫁歌的事由讲清楚，才留下来。

这天夜晚，等康丽娘家的小镇，渐渐褪去喧嚣，镇民回归夜生活之际。一曲喜庆的《镇长明天要出嫁》的歌谣，从康丽家的窗户挤出去，砸碎了小镇的宁静与安逸，更似一块巨大的磁铁把镇民从各家各户吸到了康丽家来。

伴嫁喜歌堂

“康副镇长要出嫁/闺女找个好婆家/她为村民谋幸福/村民为她来伴嫁/伴嫁要唱伴嫁歌/歌曲装着几麻箩/几麻箩，怎么说/驻村脱贫故事多。”

穿着古时大衣襟的刘阿姨站在人群中间，勾起指头边数边唱起来。

“哎呀呀，刘大姐，你就别再啰里吧嗦，还是让我们来唱一唱，说一说吧。”刘阿姨被几位涂脂抹膏的年轻妇女嬉戏着赶去一边。大家拖着长音唱了《闺女镇长俏又乖》：

“康丽闺女长得乖/做人做事呷得开/讲话没得官腔调/句句话儿都实在/做事从不撂担子哦/诚心实意人人爱。

闺女镇长俏又乖/狗婆洞人都信赖/村中老幼熟得很/掏肝掏肺真情拽/好事三天唱不完呀/歌声成河放竹排……”

村里来的几位歌手一曲接一曲地唱着，围观的镇上居民听到得意处时，都鼓起了掌。长时间站在一旁看热闹的罗江书记，或许是被村民的热情撩拨起情绪，也走进房厅中间，即兴来了一首小诗：

“康副镇长是好官，狗婆洞人绣金匾，千言万语道不尽，送给镇长做嫁妆。搭帮康丽进村来，山里乡亲变了样，村容美，街道宽，百姓生活奔小康！”

许多居民都踮起脚挤站在康丽家的门窗口，罗江书记见状，要桃花嫂子把伴嫁歌停一停。随后扯开喉咙，提高声调说：“尊敬的康丽镇长的爸妈，我的叔叔、叔娘，各位父老乡亲，康丽镇长是我们狗婆洞人，哦，不对，是我们狗婆洞村的致富引路人。这几年来，她跟我们村民吃住在一起，很苦、很累，甚至把自己的婚姻大事都给忘了。我们真的很感谢她！明天，她就要结婚了，按照我们那里的风俗，女孩出嫁前一两天，是要唱伴嫁歌，坐喜歌堂的。康丽镇长是我们村的村民，所以，我们村里这几位歌头歌手，今天就是专门来为她唱一夜伴嫁歌的……”罗江书记站在康丽镇长家的客厅里，手舞足蹈，声音一直高调地演说着。围观群众都生怕漏听了内容，一个个洗耳恭听着。

等罗江书记足足讲了近二十分钟后，狗婆洞村来的几位中青年妇女怕新创作的歌词不到位，随即唱起了沿袭几千年的原生态伴嫁歌。客厅中间，年长的桃花嫂子坐在一张凳子上，扮演母亲，双手搭在膝盖上，拖着长长的幽怨声，边唱千古民歌《娘喊女回》，边招手，作唤女状。另外几位年轻点的女歌手则扮演出嫁女，并立于离娘数步之处，以歌代哭，唱到娘身边时则跪一下，时而返回，时而离去，表示不能返回家，依依不舍地应和着娘的呼喊。唱到动情处，大家都是泪眼婆娑。围观的市民也掏出手巾、纸巾揩擦眼泪。整个晚上，村民们歌声不断，既唱古时候怨天尤人的《十八满姑三岁郎》《少来守寡时时难》，又唱新时代的《十看姐的美》《阳光路上》等歌曲，让小镇上的居民饱尝了一次土洋结合的、免费的原生态音乐会。

次日，小镇上的居民，早早地就开始在自家门前抢占地盘，摆摊设架，开启新的生活。康丽副镇长早早就被姑姨们拉进卧室，等候新郎家迎亲队伍地到来。

太阳快爬到窗户时分，康丽副镇长家来了一位特殊客人——跛子叔。他背着个红色的蛇皮袋，里面不知装着什么东西，鼓胀得很。见跛子叔到来，罗江书记感到十分意外。忙向前招呼：“你怎么也来了？”“我怎么就不能来了？就你们能来？你们也太‘狗眼看人低’了，我家穷是穷，可我人穷志不穷。我送不上彩礼，我送点东西总行吧！康闺女嫁人结婚，这么天大的事情，你们都瞒着我……”跛子叔的声音越说越大。康丽听到跛子叔的声音，立刻从卧室里赶了出来。

“善保叔，你也来了，快请坐。我都怕打扰你，所以就没告诉你。你先别生气，这么远的路，你是怎么过来的？真的辛苦你了！”

“闺女，今天是良辰吉日，是你的结婚之日，跛子叔不会生气的。我要感谢你，祝贺你！这不，我没钱送你彩礼，我就把今年用来换种的这些红皮多子的花生背过来了，祝你结婚后多子多福，一生幸福！”跛子叔说着，随手打开红色的蛇皮袋子，捧出花生，递到康丽手上。

康丽接过跛子叔的红皮多子花生，眼泪摁都摁不住，就似春节前狗婆洞村刚接通的自来水，汩汩流出。

新郎家的迎亲队伍到来了，桃花嫂子和几位歌手唱起了用民歌《十看姐的美》改版的《十看镇长美》：

一看镇长头发美，好似山头瀑布飞；二看镇长眼睛美，恰如村口潭水清；三看镇长嘴巴美，甜过山涧甘泉水；四看镇长双手美，修长玉指赛金椎……

听着村民欢快的伴嫁民谣，康副镇长笑盈盈地踏上了人生新征程。

古玩会说话

老爸走后，老屋里好些之前会“说话”的古玩都变成“哑巴”了。而当我每次走近老屋，这些古玩又都会发出声音，“吵闹”着挤过来，迎接孩儿的归来。

二胡

老爸有把二胡，猪肝色，琴头是用蛇皮捆绑的。贴挂在正屋的主墙上，裹着厚厚的一层煤灰。老爸是啥时候学会拉二胡的？据我妈说，是在大生产时期，那时村里搞了个文艺队，老爸虽认不得哆来咪发嗦，但对音乐的感觉蛮有天赋，不管是小调、祁剧，还是革命“样板戏”歌曲，只要他的手指在琴弦上滑动，音节音律就会像山涧里的溪流欢跳着向你淌过来。

那时，老爸年轻，二胡又拉扯得出神入化，村里人对老爸都是竖起大拇指。老爸为此常“得意忘形”，误事误阳春。有一回春季，早就约好去外婆家帮忙插秧莳田，老爸走出家门后，陡然来了灵感，又折回家中，悄悄把二胡拽上。走到村口的宝善亭里，脚步像被磁铁吸住，坐在亭子间的石凳上，摇头摆脑地拉起了二胡。那次具体拉了多长时间，妈妈没说，只是怄得老妈去娘家泄了几天的郁闷气。

茶余饭后，老妈跟老爸说：二胡可以拉，但不能当饭吃，你又不是吃专业饭的演员，就不要太着迷。老爸听着，左耳朵进，右耳朵出，只要手指一痒，那些歌儿、曲儿，就会蹦跳着从他的指尖和琴弦上溜出来，飘向远方。

在我的记忆中，老爸拉得最多的是蒙古戏《敖包相会》和当时最流行的《年轻的朋友来相会》《在希望的田野上》等。每次二胡声一响，老妈就一身起火，黑着脸，吼道：“这相会，那相会，你有本事就去相会呀？就去找人睡呀！”老爸见妈妈吃醋，忙七解义八解释，可不管怎么样，就是说服不了老妈。而老爸，就是“执迷不悟”，只要有丁点闲暇，背上的汗水稍微渗干点，就会拖条凳子或椅子坐在家门口悠闲自得地拉起二胡来。老妈怼他：有本事就到戏台上去演呀！他微微一笑，调侃道：不上戏台，没有观众，二胡我照样拉得响，就像你炒菜少了味精、辣椒酱照样好吃。

久而久之，母亲要是长时间听不到父亲的二胡声，心里还会有点不习惯。田土实行责任制后，有年老爸跟随别人到广东打工去了，二胡留在了家里。母亲隔三岔五，就要从墙壁上取下来，用毛巾一根弦一根弦地擦拭干净，像保护外婆送的嫁妆一样爱惜。

那时候，我老家人的闲暇生活，除了一日三餐，就是围坐在老堂屋内或屋门口的过道边听人讲古、唱京剧、吼昆曲等。老爸能够拉得一手二胡，简直就是村里的“大明星”，让人羡慕几分。

遗憾的是老妈早早地就去村北面的山坡上“安息”了，留下老爸长时间孤零零地守着那间破旧的祖宗堂屋。母亲走后，老爸的二胡拉得少了，问他为啥？他说：没味。而在每年母亲的祭日和清明节、七月半（中元节），老爸都会带着那把老妈卖了两只下蛋老母鸡买回来的二胡来到老妈的坟头，坐在墓碑前的石块上，很认真地拉起曾让妈妈怄气恼火、醋意大发的《敖包相会》《十八的姑娘一朵花》等歌儿。老妈，您听见了吗？

年复一年，老爸的二胡声一次次在山坡上游荡，老妈成了老爸永远的观众。

扁担

老屋门后，倚靠着一根紫木扁担，那是老爸挑起一家人生存、过日子的扁担。

老爸使用的扁担有点“与众不同”，别人家的扁担是“两头弯弯像月亮”，我老爸的扁担却似旗杆，拳头粗，圆圆的，特别长，一头还箍着铁锥，尖尖的，被老爸穿穿得锃锃亮。小时候，我不明白老爸为啥要扛根那么粗的扁担，为啥不能挑根轻便的竹扁担，觉得他有点“愚”，不可理喻。后谙事理了，才懂得其中奥秘。老爸力气大，不仅在村里有名，而且在方圆几华里，也让人佩服几分。

记忆中，我最清新的童年回忆就是和哥哥挂在老爸的扁担两头，荡秋千般行走在田野山川。那时，去我大姑、二姑家要攀爬好些山峦，跨越好些沟壑，父亲嫌我们走得慢，耽误时间，每次出门，他就找来一担谷箩，一头坐着哥哥，一头坐着我。行走在一条条时宽时窄的山路上，老爸每隔几分钟要换一次肩，而换肩时，吊挂在扁担上的箩筐就会发出一阵“吱吱呀呀”的响声。箩筐在扁担两头之间摇摆不定，我和哥哥蜷缩其中。听着路边的鸟叫蝉鸣，听着扁担与箩筐间的摩擦声，听着老爸嘴里喷出的紧促喘气声，我和哥哥就像听着外婆吟唱的摇篮曲，悠闲地在谷箩里进入甜蜜梦乡。小时候，老爸用扁担和谷箩挑着我们兄弟姐妹到底穿越了多少山谷，穿行了多少山路，留下了多少故事，只有扁担两头被磨得锃亮的凹痕清楚。

我家的那根紫木扁担，是老爸生产生活中不可或缺的物什，种菜挑肥浇水，上山挑煤捡柴，夏天挑谷送饭，冬天挑砖建房，父亲走到哪里，扁担就会插在哪里，似勇士腰间的剑戟、旗手高擎的旗杆，忠实守护在老爸身边，挑走日月星辰，挑走苦乐年华。

有年冬天，我和哥哥跟随老爸去一个叫枞树岭的煤矿挑煤卖，赚取几块油盐钱。我们每人各尽所能，挑着一大担的煤炭，盘旋在山路间，走着走着，因雨天路滑，老爸一脚踩空，身子一歪，肩上的扁担“啪嗒”一声，右边的箩筐随即滚下了路边几米深的坡谷。老爸眼疾手快，瞬间抽出扁担，顶锥在坡上，使打滑的双脚稳住，身子才没受到大的伤害。我和哥哥跟在后面，目睹那特技表演般的一幕，惊吓出一身冷汗。等箩筐滚到谷底，老爸嘘了口气后，再攀着山坡上的藤蔓滑下去，把洒在地上的煤炭一捧捧地装进箩筐里，口里直嚷：今天真他妈的倒霉，见鬼了。

在那个交通并不发达的年代，我家那根紫木扁担，不仅是老爸“力拔山兮”的代名词，还是老爸放松身体、调节时光的“金板凳”。特别是在雨雪天气，路边的草坪和石头脏湿，无法落座，老爸便把扁担横搭在两只箩筐上，屁股横在扁担中间，放松疲惫的筋骨，揩把汗，耍根烟，任山风吹拂着脸庞，仰头惦念全家人的一日三餐和四季轮回，低头思量老去的父母和儿女们的出息出路。

长时间压在老爸肩上的那根紫木扁担，在那个苦涩的年代，就像根“救命稻草”，它挑起了全家人的生活与希望，也挑着我们兄弟姊妹走出山野，向着有梦的方向奔袭。有年下半年，学校已经开学，我们兄妹的学费还没着落。正急得炒菜锅红之际，大队支书找上门来，说："有三四吨水泥需从山脚挑到山顶，用来建水塔。一块钱一百斤，你找几个人去挑，但不能撕烂包……"支书话没讲完，老爸就笑着应道："去去去，我一个人包了。"四十包水泥，老爸一挑两百斤，硬是一下午爬上奔下，把四吨水泥从山脚挑到山顶，帮我们赚到了四十块钱的学杂费。

那是我们兄妹放飞梦想的四十块钱！

烟斗

挂在老屋门后的很多东西，或锈迹斑斑，或披染尘埃，唯独老爸使用了一世的那把紫色铜烟斗，宛如他那深邃的目光，总在盯着我。

老爸烟斗的来历，众说纷纭。有说是外公当年见老爸做人做事诚实，与老妈结婚时，拿不出礼金，就把祖传的铜烟斗当嫁妆送来的；有说是村里的鸠仔盲人，见老爸经常接送他去墟场或邻村算命看八字，总是不要报酬，就把自己珍爱的铜烟斗连同肚子里的八卦易经一同遗传给了老爸；有说是老爸当年蹿东村走西岭，吆喝补套（水）鞋、修雨伞时，某位"老烟枪"作抵押来的……谜底，到老爸最后一口气停止，也没人知晓。可父亲视烟斗胜于性命的故事却一直在流传。

还在生产队那时，队里的大懒汉"水桶仔"，偷偷把老爸的烟斗拿走好几天，老爸真是吃不好、睡不香，整日像丢了魂。后来七找八拐，弄清楚是“水桶仔”拿走了，父亲马上找上门去，虎着脸吼：“你跟老子拿出来，不然老子就砸烂你家的饭锅、米桶，让你这‘水桶仔’也爆了箍、断了命。”见父亲要下狠心、动蛮法，“水桶仔”才把紫色铜烟斗很不情愿地交还给我老爸。

老爸的烟斗犹如一件精美的工艺品，做工十分精细，由底部过滤水罐、吸烟管、烟斗嘴三个部分组成，但肉眼很难看出各部分之间的缝隙，表面光溜溜、亮锃锃的，令村里村外人都嫉妒几分。整个烟斗像把乐器萨克斯。老爸每次拿出烟斗吸烟，就像一位萨克斯演员，在演奏醉人的流行歌曲。吸烟时，老爸先是从口袋里掏出一包用塑料袋装着的旱烟丝，用手指头揪出一小撮摁进烟斗嘴槽，再擦燃火柴，点燃烟斗嘴上的烟丝，与此同时，父亲猛吸一口气，烟斗嘴上的烟丝立刻就像我老家铸造炉里的铁水，红彤彤地融成一团。连续吸吮几口后，父亲的喉咙里，随即发出“嚯啰啰”的响声，鼻孔里则飙出两条青龙般的烟雾，弥漫在空中。

老爸是个“老烟枪”，他宁可饭少吃，也不能不抽烟。每次吸完烟，脸上就要红润好多，神情也会舒坦好多。母亲曾经说过：你老爸呀，断了烟，就要断了他的命。有年过端午节，要他去买点肉菜，他舍不得，最后，却买回来一大袋子的烟丝，让我哭笑不得。

老爸走后，有人提出要来购买他那把老烟斗，且给出了一个不菲的价格，可我们兄弟商量，这是父亲“嘴巴子”吸吮了一辈子的物什，是父亲生前的心头好，我们不能因为几块钱，就把父亲曾经的生活意念给忘了、丢了。于是，做出了“再多钱都不卖”的决定。

挂在老屋门后的那把紫色铜烟斗，再没人像老爸那样吸得“嚯啰啰”地响了，但老爸吸烟时教会我们的做人做事准则却永远在我的心头燃烧，直到永久。

过年酒

土法酿酒

“过完腊八做坛酒，喝过年尾到年首，三碗倒缸酒下肚，叫你出门爬不走。”在我老家——嘉禾，有种酒，名曰“倒缸酒”，它入口甜蜜蜜，下肚黏脾肝，醉脚不醉头，声名远播广，曾叫无数酒胆英雄汉醉倒在它的“石榴裙”下，刻记在心头。

倒缸酒，又名拖缸酒，是用一坛子上等糯米甜酒和一坛子纯米酒搅拌一起，合二为一，再通过柴火蒸酿而成的一种地方传统美酒。我老家人戏称它是“酒中酒霸”和“酒精人参”。在过去缺衣少粮的年代，一般都要等到过年时节，杀了过年猪请人吃饭，或谁家有婚庆喜事时才会端出来喝的。

做倒缸酒，工艺非常讲究。据村里老人讲，有三种人是做不好倒缸酒的，即脾气暴躁者、父母不全者、身体欠佳者。这三类人，不管你工艺多高，原材料多优，做出来的酒常常会“坏了酸水”，或酸溜溜，或苦涩涩，让人懊恼几分。二十多年前，老母亲曾告诉我说，过年了，家里想做几坛倒缸酒，可每次都不是很满意，因为她身体总是不舒服，所以说，每年到了岁末，家里都要去邻村请大姨来做酒喝。大姨心宽体壮，家业旺盛。而我母亲呢？羸弱的身子，常喘着粗气，自然做不好倒缸酒。

时光荏苒，历久弥新。倒缸酒逐步成了我老家酒文化的一种代言词。不喝嘉禾倒缸酒，白来嘉禾走一回。好些年前，一位在东北喝“烧老光”酒长大的导演到我家乡拍电影，摄制组设酒宴，先是上了瓶装酒，喝到兴致勃发时，接待人员提议：“何不来点嘉禾‘土茅台’酒，尝一尝，长点记性？”导演听后，不以为然，说：“我就不信真的那么神。”借着酒兴，端起摆到桌上的倒缸酒抿了一口，信口吼道：“哈哈，这是什么酒？换大杯子来。我走南闯北，还从没喝醉过，像这种甜酒糟，还能吓倒男子汉！”众人轮劝两杯，导演来者无拒。一桌人通关后，导演摇头摆手，扶桌乱语：“喝，继续喝……”次日醒来，导演感叹：服了，真的服了！果真是“嘉禾倒缸酒，醉倒英雄汉”，你若不服，不见不散。类似于某导演酒后之囧态，在嘉禾屡见不鲜。1987 年，著名电影导演谢晋带领《芙蓉镇》剧组人员到嘉禾采风体验生活，某制片人开始时手捧倒缸酒，如品浓酽，齿颊留香，三碗下肚后，双脚就像得了软骨症，整个身子东倒西歪跳起了“秧歌舞”。事后，谢晋导演笑着告诉他：“嘉禾倒缸酒，醉脚不醉头，知道不会醉，醉了不知道。”

倒缸酒酒性温和，酒精度不高，只有三十度左右，香醇味甘，口感甜润，具有滋补养颜之功能，特别是对上了年纪的中老年人，更具防寒御冷、调节血气之功效。但它“后发制人”的功效高，有醉三天不醒者。太平天国义军、嘉禾天地会首领尹上英当年举旗起义前，就让村里人蒸酿了几大缸的倒缸酒，作为壮行酒，助长了斗志。后来，杨秀清和石达开率领的太平天国义军过境嘉禾时，尹上英又送去了几坛子的倒缸酒，让将士们开怀畅饮，提振了士气。

嘉禾人好酒，有道是：家家户户能做酒，男男女女能喝酒，老老少少能劝酒。有首脍炙人口的劝酒歌，这样写道：“筛酒不要断酒壶，唱歌不要断歌声；断了酒壶难留客，断了歌声难起头。”

相染成风，相沿成俗。嘉禾倒缸酒里盛满了乡情故事，揉进了乡愁新曲。

井水
突然干了

嘉禾县塘村镇尹家村地处临武、蓝山、嘉禾三县交界之地，是嘉禾县第二高峰，村子潜倚在四周是山的盆地中，山峦起伏，站在村口瞭望，可观测到塘村、车头，乃至嘉禾方向的区间动静，地理位置十分特殊，易守难攻，自古以来，都是兵家必争之地。

早在咸丰二年（1852），太平军进入湖南，经道县、宁远，过蓝山、克嘉禾，拟攻打桂阳、郴州。农历十月初十，清监生尹上英聚众两千余人以村后龙山和狸虎岩为驻点，乘时起义，建立了天地会。会众皆以红巾裹头，会旗上血书："血铺江河骨打霜，洪英傲骨贯粤湘，谁人若问真消息，杀到金陵是故乡。"起义军先后在桂阳、临武、蓝山、连州、常宁一带劫富平仓，起义军发展到两万余人。

1934年11月，中央红军红三军团经桂阳进入嘉禾普满、行廊、龙潭、袁家、车头、石羔；红八军团经桂阳进入嘉禾龙潭、袁家、塘村等地。国民党第二十七军军长兼二十三师师长、第四路追剿司令李云杰率领二十三师、十五师共一万多人从江西出发“追剿”红军，昼夜兼程赶到了嘉禾。

11月16日傍晚，红三、红八军团一部分从桂阳大塘乡的元里村进入嘉禾县普满乡的太平、石角塘等村，并将司令部设在了石角塘。在途经行廊乡桐梁桥时，与敌李云杰部打了一场遭遇战，很快击溃了李部，通过了桐梁桥，当晚在石角塘、行廊、邝家等地宿营。另一部分红军从桂阳燕塘进入嘉禾的龙潭、袁家、塘村等地，宿营在塘村镇尹家村的祠堂里。

据该村住在祠堂边的尹俊、尹振楚等老人回忆，当天，已是灶火亮的时候，村口的大狗、小狗叫个不停，村民纷纷走出家门，见是一群人穿着灰布衣裳、头戴五角星、背着齐头高的枪支，他们纪律很严，很听指挥，村民便放松了警觉。当时，队伍拉得很长，有上百人，一路从村口沿着村里的石板路，穿过村子中央的井水边，径直赶往村子北边的古祠堂。

当时，村里主持事务的村长叫尹国障，等红军都进入祠堂后，他大声给来人说：“我是村长，有什么事情尽管跟我讲，我知道你们是为老百姓好的部队。你们就安心在这里休养，我们这里很安全，坏人打不进来。”村长讲完后，红军鼓了很长时间的掌。

等一位长官模样的人讲完话后，村里有人提着马灯，用花箩和簸箕，送来了花生和红薯干。尹国障村长告诉长官："这是村里人给你们准备的，你们一路辛苦了。"那位长官听了村长尹国障的话后，马上叫后勤人员过来付钱，村长和老百姓都一口拒绝。最后，那位长官拉长脸说："你们种点花生、红薯也不容易，这钱要是不收，我就马上把队伍撤走。"

在长官与村长的交谈过程中，一位医务人员跑过来报告，说："有位伤病员的腿部腐烂，需要加强治疗。"村长尹国障听后，立马跟着长官和医务人员来到那位伤病员身旁，他仔细查看了伤病员的症状后，拍着胸脯说："这位小战士的病，我包了。"村长尹国障回到家里，找来准备送给老丈人的中草药，加速蒸煮后，拿到了祠堂，还一口一口地嚼烂，再敷贴到小战士腿上包裹起来。事后，村民告诉长官，村长的亲姐夫是周边数十里路远的群众都交口称赞的中医大师傅。

尹家村的井水自立村以来就没有干枯过，而且水性甘甜，在周边是出了名的。自红军住宿到祠堂后，接连几天，村里的井水到了晚上都会漫不上井边。村民对红军开始产生怀疑。这天夜里，村里一位好事者，为探个究竟，便半夜里冒着寒冷起床来，不动声色地潜伏在自家的窗户内，想来个"守株待兔"，没想到挨了两炷香时间，经不起"睡眠虫"的袭扰，靠着窗户又睡了过去。等他一觉醒来，已是夜半三更时分。他走出家门，只见水井里的泉水又下降了几尺深。到底怎么回事？他左找右找，发现井水边有条水印子，于是，那位好事者便沿着石板路两边被滴水打湿的印子追，最后，追到了古祠堂里。

次日，那位好事者拉着村长尹国障去问个究竟。长官笑着告诉大家："部队住宿在你们村，我们都非常的感谢了。村里就一口井水，村民生活要喝要用，我们不能跟村民争利益。所以，就采用'错峰'用水的办法，村民白天用，我们晚上用。你们说，这样对不对？"村长尹国障和那位好事者等人听后，都恍然大悟，并打心底里佩服红军为民着想。

时隔八十年，2014 年 1 月，尹家村民尹振石头在购买的公房里挖基脚土方时，挖出了一捆汉阳造的半自动步枪，共二十余支。事后，有人带着照片到江西瑞金博物馆去比对，村里挖出的枪支与那里展出的枪支一模一样。

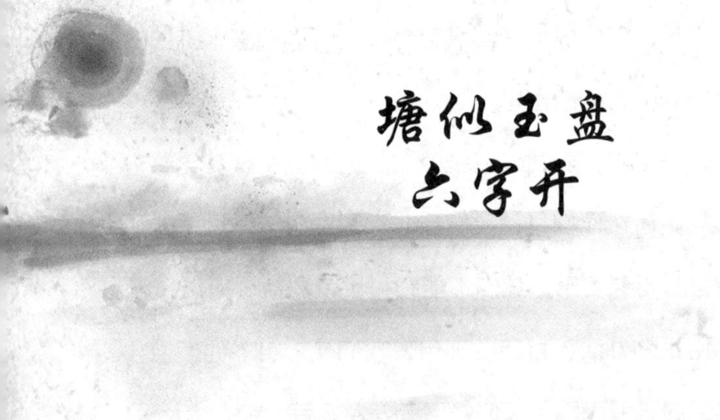

塘似玉盘六字开

离我家老屋不足百步的村口，有片“六字塘”。之前，父老乡亲出村口，得踩着那条麻石板路在池塘间像走八卦一样地绕行。在我年幼时，池塘周边还建有宝善亭、榨油坊、土地庙、清水寺，南北两边的山坡上都是挂着鸟巢、塞满鸟语的葳蕤树林，长着柏树、樟树、枫树、蚊子树、皂角树、桂花树等。夏日里，天空摊开成一整块的蓝布，白云镶嵌其中，与池塘边的树影一起，倒抹到六字塘清澈透亮的水面上。伫立塘坝，不管盛夏还是寒冬，总见羽毛颜色迥异、嘴喙长短不一的鸟儿，一会憩在树间相互嬉戏对歌，一会落在塘坝上悠闲漫步觅食，没有半点矜持感。

据老家族谱记载，六字塘自第十代始祖兴建至今，已有七百余年历史。六字塘是风水塘，按照易经阴阳八卦布局，由四口水塘构成，坐东朝西，似一个“六”字，一点一横一撇一捺，似块大玉盘。塘里盛灌的水，全是来自村中养育子嗣的玉龙甘泉水。老爷爷健在的时候，常神秘地告诉大家：“这六字塘呀，是几口神仙塘，七八百年了，从没‘水鬼’闹过事，就像几块照妖镜，清洁干净得很。”

六字塘原是村里人的“大澡堂”，到了盛夏时节，小屁孩子不分男女，甩掉裹在身上的“麻拐仔”衣纱，“扑通”一声，就从塘坝边钻进水中。几分钟过后，水面上的人头就像干旱季节的鱼儿浮出水面，嬉戏打闹，溅起水花。塘坝边有几棵水桶粗的樟树斜长到水塘中间，一些好胜的、水性好的小屁孩则把树干当作天然跳水台，轮番跳入水中，乐此不疲。大人们则在夜色麻黑时分，约上好友闺密，来到塘边，披着月光，躺在水中，一边把疲劳浸泡，一边窃窃私语，享受一段惬意的月下时光。

六字塘的四周都是用条石或岩石砌成的，岩石间的缝隙里，藏有田螺、沙螺、石蚌、鱼虾等。年幼时，总见大人小孩穿着一条肥短裤，拽一个脸盆，沿着塘边，慢慢把手悄悄地伸进石缝间，搜刮黏在石壁上的田螺、沙螺等。有些洞穴多，有些洞穴少，抓出来后，把大一点的丢进脸盆，小一点的撒回池塘。有些洞穴里还有鱼虾，摸到小鱼虾时，我们是最高兴的。有时运气好，一天可以搞到一两斤活鱼仔。只是带回家后，母亲却犯了愁？油钵里少油，米缸里缺米。在我老家有句俗话：活鱼仔送饭，鼎锅底刮烂。在那个缺衣少粮的年代，真的是难为了老妈。

到了盛夏时节，水塘里的水温升高，水塘边的石缝口，常常会有大拇指粗的黄鳝伸出半截身子，抬头露出水面，吸氧避暑。村里那些嘴馋者，则用铁夹、竹夹，悄悄移步塘边，以“迅雷不及掩耳之势”，瞄准黄鳝砸去，紧紧钳住黄鳝腰身，再慢慢把整条黄鳝从洞穴里扯出来。带回家后，用辣椒、紫苏、生姜、蒜头等佐料爆炒成佳肴，香味塞满了半个村子。

村口的六字塘，还是村里人的“泳技馆”。村里不管大小、男女，泳技都是“拽拽的”。记得有年端午节过后，隔壁家的辉哥，见我水性好，在塘边找我“取乐”，我那时不谙世事，便接连用“粗语”调侃辉哥。辉哥恼怒，拽住我后，牵手就把我扔进塘中。我在潜入水中的片刻，脑瓜子一闪，忙深吸一口气，顺着塘底潜到了塘对面几十米远的坝堤边，小心翼翼地探出头颅。几十秒钟过后，辉哥等人见我没有迅速在落水处露出头来，一个个都眼睛发直：“拐场了，怎么没有浮出来？是不是插到池塘底了？”“快，麻烦了，要出大事了……”我瞧着塘对面几位大人焦急得像妈妈炒油炒饭时暴跳的饭粒，在另一位大叔起身跳下水捞人的片刻，我忍不住“咔咔咔”笑了起来。听到我的笑声，见我贴在塘坝边傻笑的样子，大人们的脸上才“由阴转晴”。辉哥伸长手指，颤巍巍地骂道：“你这死小把戏，老子过去要收拾你。”

近水识鱼性，近山识鸟音。站在六字塘边，静下心来倾听树林里的鸟语，便像在山涧捧着甘泉洗涤灵魂一般。正如某位学子来到池塘边，谛听鸟语后所言：此乃佛缘仙境也。

家乡的六字塘，如梦如幻，流走了我的青春，却流不走我的天真；盛满了我的童稚，更盛满了我的愿想！

屠户老三

屠户老三，本名罗鼎峰。人如其名，七尺身躯，长得就像他老家铸造厂里倒出来的铁鼎、铝鼎、铜鼎，四平八稳。罗鼎峰在家排行第三，家人叫他三哥，乡亲们叫他老三。他讲话有点风趣，喜欢讲段子，每回都是一本正经，犹如电视上的说书人，逗得别人捧腹大笑，他却抿紧嘴，从不言笑。

别人叫他屠户老三，并非无稽之谈。三十年前，改革开放的春风，刚刮到偏远的小山村。三哥家贫，但他的身体却似村子后龙山上的竹笋，一天长个节巴。中学还没毕业，就显出一副“老男人”的模样。为了生计，母亲早早就要他跟着做屠户的娘舅去学杀猪卖肉。三哥身坯粗，手劲大，脑瓜子灵泛，深得娘舅真传。有一回，娘舅把猪从猪圈里赶出来，不知何故，把猪放倒后，就悄然离开，等娘舅一个小时后返回，三哥已把生猪刮毛、上架、开边，正有条不紊地清理内脏。娘舅站在一旁，微笑着点头称赞。没过几年，三哥年纪轻轻，就在花溪墟场上把肉板剁得“叮当”响，别人一天卖不了一头猪肉，他却要卖一头半，有时甚至两头，令那些老屠户都眼红肉胀。

到了结婚生子的冒火年龄，三哥一口气生下了三个，其中有一年就生了两个，正月生女娃，腊月生男孩。当时国家的计生政策紧，对超生户都是“通不通，三分钟，再不通，龙卷风”。三哥生了三个，又不认罚，也没钱认罚，免不了要被“龙卷风”。为了不给计生工作队员抓个“现行”，在一个黑乎乎的夜晚，三哥租了一部拖拉机，把一家五口都送到县城，再乘汽车转火车，去了广东东莞。在东莞南城，三哥先是给别人做些搬水泥，挖水沟，砌护墙之类，钱来得快，又没有拖欠的苦力活。可随着三个小孩的与日渐长，三哥的钱袋子，常常是入不敷出。怎么办？天无绝人之路，正当他为一家人生计发愁时，一位老乡在闲聊时说：“三哥，你在家当过屠户，南街屠宰场要对外租赁承包，我跟南街一位干部蛮熟，你去报名试一下。”说者无意，听者有心。三哥放下茶杯，就跑去南街屠宰场，找领导打听情况。屠宰场领导见他有屠户经验，靠得住，但租赁承包的事，已经“名花有主”。于是，便把屠宰场卖猪头肉、卖猪内脏的“边角活”划了一些给他做。

揽到这项特殊的活计，他如鱼得水。每天早上三四点钟就骑着单车赶到几公里外的屠宰场去收购猪血、猪头肉和猪内脏等，收购回家后，再把这些广东人不喜欢吃，而湖南人却视为宝的东西，做成烟熏猪头肉、酥嫩血灌肠、香辣剔骨肉等符合大众口味的廉价菜肴，到工人甚多的民营工厂门口去摆地摊销售。这些菜肴每天被抢售一空。工厂老板见工人都喜欢吃他的菜肴，之后，干脆把工厂食堂转让给他经营。

有了食堂作平台，三哥全身像打了鸡血，每天围着屠宰场和工厂食堂两头穿梭。

一年下来，三哥掰着指头算了笔账，除了一家大小吃喝外，净赚了五万八千八百六，数字吉利，人也神气。

家中有粮心不慌。赚到“第一桶金”后，三哥心底的如意算盘打得更响。接连，他又把临近几个大厂的食堂给承包下来。这下，自己做后台总管，把好原材料的进出关，具体做事，找了几个放心得下的老乡做帮手，让他们也赚点小钱。

做了小工头，三哥的日子也跟他嘴巴里的段子一样，滋润多了。他把有点花白的头发焗黑，时常剪个很有精气神的平头，穿件时尚的休闲装，穿条“大肥姥”短裤，脚上的皮鞋擦得瓦亮，套双雪白的袜子。三哥跟老乡说，我们虽然是乡下牯，也不能给别人看扁，做人有人样，做鬼有鬼型，一日三餐可以差点，吃得饱就行，可脸面不能太差。太差了，别人会说我们缺修养，没素质，是烂泥巴。老乡们听后，一个个头点得像鸡啄米。

东莞的发展似坨磁铁，把老家人一批批吸过去。去东莞做事务工人员一年比一年增多，三哥办的工厂食堂，自然成了老乡的“临时接待站”。东溪村欧阳林的外甥去了，一时没找到事做，来到三哥的食堂坐到开餐了还没走。炒菜师傅跟他报告，三哥二话没说，准许。西车村陈某的儿子，刚从学校毕业，到东莞一家公司去任聘，正在等通知，三哥就要厨师先把他插入临时工中，暂时找点事做，等他找到正式工作才离开。安顿的老乡多了，开支一天天上涨，有好心的同事提醒道：你这又不是难民收容所，老家来的人那么多，你是有份好心、善心，可你收不完，负担也太重了。

三哥听着，“嘿嘿”一笑，回答：都是眼睛碰鼻子的乡里乡亲，他们刚来到这里没着落，让他们安顿一下，说不定会改变一个人一辈子的命运。我虽然不是邓爷爷讲的“先富起来”的那部分人，但我终归比他们先出道，他们的今天就是我的昨天。真的不容易！包容他们就等于包容自己，给他们吃餐把饭，睡个觉，也不会为难我到什么地步。都是在同一条河里浸泡长大的乡亲，只要他们有需求，找上门来，我就认了。舍得吃亏，也是一个人的福气……

或许是“仗义从来屠狗辈”的缘故，也或许是三哥的屠户性格所然。在外头时间久了，他遇到的各种“麻纱”事也可装下几箩筐。有年中秋节前，一位同乡在市场上的地摊被社会上的“懒猪”掀了，还扬言要收拾人。他接到控诉电话后，立马赶到现场，扯高声腔，说：“大家都是出门在外，都要给人一口饭吃，别把眼睛长在脑门顶上，得饶人处且饶人……”“关你卵事！”三哥话没说完，一条“懒猪”

龇牙咧嘴，伸手就去抓他的衣领，掐脖子。三哥顺势而上，左手快速擒拿，右手迅猛冲拳，三下五除二，就把“懒猪”打得鼻青脸肿。另外几位“懒猪”见状，仓皇逃逸，现场一片虚惊。为这事，三哥不仅在拘留所里过了一个特殊的中秋佳节，还得了一个“虚名”——“炮筒仔”打抱不平。

三哥看似手脚粗壮嗓门高，但人心却似他老家的“八一一八”油炸豆腐，外表看似粗皱，内心却嫩如青葱，细如游丝。东城区老乡的小孩得了骨软化症，他急得像自家的事，今天找相关部门帮忙救济，明天组织社会力量募捐献爱心，鞍前马后，把自家公司的事情却放在一边，直等到事情办妥帖，才感到心安气舒。西城区老乡下班途中出了交通事故，他自掏腰包，帮老乡请律师，打官司，收集证据，维护农民工的合法权利。

眨眨眼，三哥在东莞南城扎根已经三十多年，但他那种湖湘人吃得苦，霸得蛮，善包容的个性，却像块“金字招牌”，闪烁在街头巷尾。有年社区搞建设，开展社会募捐活动，他尽管不是千万富翁，但他出手就是十八万八千，赢得掌声阵阵。令现场募捐的“大佬”们都眼睛鼓得似灯笼，感叹他是途中杀出来的一匹“黑马”。在东莞市创建全国文明城市工作中，他把公司员工都组织起来参加志愿者队伍，每天除教育引导好公司全体员工遵德守礼，文明务工外，自己还主动配合社区管理人员上街当起义务劝导员、监督员。善始善终，善有善报。早些年，在东莞市评选“新莞人”

活动中，三哥不仅高票当选，还被推选为某社区的党支部委员、政协委员，成为社会综合治理的得力干将。现在在南城，只要提起屠户老三，街坊的阿公阿婆，工厂公司的乡里乡亲，都会竖起大拇指：“好拽、好拽！”

我从海上来

三十五年前，我踏着老家村口那条揉筋泥路，来到了万里海疆。二十年前，我踩着光柔沙滩，又回到了故园。盘点漫漫旅途，作为一个山里娃，经过大海的洗礼，逐步实现了从一个通讯员战士到报社实习编辑到专职新闻干事，再到主管一个县新闻宣传工作的副部长；从一个只读了几年书、没有进过大学校园深造的文学白丁经过几十年的自学与拼搏，拿到汉语言文学和新闻学两张文凭，并写作出版了 5 本包括报告文学、长篇小说和散文集在内的近百万字的书籍，我的身后留下了一串或深或浅，或弯或直的脚印。

一

改革开放春风刚吹进山野，我撂下和村里人一样，一年四季靠卖面、卖酒、卖煤炭、卖衣柜等来维持家人生活的扁担，带着肩膀与颈椎的交汇处被扁担磨出的一块肉坨坨，带着父母及亲人的千叮咛、万嘱托，沿着村前那条弯弯曲曲的石板路，来到了椰风习习、鸥鸟盘旋的祖国“南大门”——海南。

来到南疆，我如鱼得水。在绿色的军营里，我寻找着自己的人生坐标，誓志描绘出新的人生轨迹。

在连队当战士期间，我“知耻而后勇”，每天见什么写什么，想到什么写什么，从没有疲倦的感觉。而让我庆幸的是我遇见了几届“严师”般的指导员，在我每次拿着已经誊写好的稿子去找他们审核签字时，他们都会“字斟句酌”地把关。一旦发现有病句、讹字，他们都是“毫不客气”地要我重写。八十年代，我们给报社、电台投稿，都是靠笔写，而且还不能用复写纸复印，有时写好一篇稿子，你想投几个媒体，就得一字一句地誊写几遍，一篇千把字的稿件，经常是写得腰酸手痛，双手的手肘处被磨出厚厚老茧。有次，我的一篇通讯稿连续抄写了三遍，送到指导员手里后，不但没得到指导员的“奖赏”，反而被指导员狠狠地“剋”了一顿：“振亮呀，你都写了那么多年的稿子了，还经常出现错别字，我现在要你重写，是对你负责，今后，你就知道了——写文章和做事做人一样，一定要孜孜不倦，不能有‘差不多’的思想。今天这篇稿子，有一个字和一个标点符号错了，拿回去重抄。”指导员的指示，没有半点商量的余地，我拿回去重抄第四遍。回头想想，说实在话，正是那些年不间断、不气馁地誊写，为我后面的创作夯实了过硬的基础。

精诚所至，金石为开。在我写完七七四十九本方格稿纸后，我采写的一篇好人好事表扬稿，终于在《湛江日报》上发表了，全文 230 个字。那天，我揣着仍散发油墨清香的报纸，独自跑到尖山顶，大声朗读了五六遍，那种成就感现在都无法比喻。

二

戎装卸下换新装，满腔赤诚韵故园。

在二十年前的一个夏日，微风拂煦，我回到了生于斯长于斯的故乡——湖南嘉禾。而走上梦寐以求新闻宣传岗位的第一次“面试”，却让我终生难忘。那天，我还没正式转业，只想回家来寻找“意向性”的工作岗位，在家“清闲”了好一段时间后，我便带着自己精心装订好的几本剪报本，麻着胆，来到县委宣传部“推销自己”，期望能与宣传部部长面谈一次。记得，走到县委宣传部办公室门口，当我胆战心惊地提出要找县委常委、宣传部部长汇报时，一位工作人员见我是位“不速之客”，投来了诧异的眼神。只是在与那位无亲无故、第一次见面的常委部长展开交流后，我的心情却慢慢地舒缓起来。他在问清了我的家庭背景和个人情况、翻阅了我的几大本剪报本后，马上就跟办公室主任说：“小尹这个人，我看不错，应该适合我们宣传部的工作，我们刚刚成立的新闻中心不是正在招人吗？我看这样，你让他下周星期一就来报到上班。”

回到家里，我把雷部长的话告诉妻子，我俩高兴得相拥而泣。要知道，平常很多战友回乡找工作都是七打主意、八拉关系，费尽九牛二虎之力还不一定能找到如意岗位。而我，真是“踏破铁鞋无觅处，得来全不费工夫”。

记得第一天上班，县新闻办主任就事先给我准备了一道入门“考题”：等我把办公桌擦洗干净后，他告诉我说：“小尹，上个月，香港一位老板与车头镇荆林村达成了一项创办希望小学的协议，听说现在已经开工了，你去采访一下。我已经跟农业局驻荆林村的小康工作队队员联系好了，你去找他，让他带你去。”第一天上班，人生地不熟，领导就交给我一道如此重要的“考题”，我迟疑了片刻，最后，咬紧牙关，找到驻村工作队队员，深入村中进行细致采访。一个星期过后，报道先后在《湖南日报》《郴州日报》等媒体发表。领导见后，不仅竖起了大拇指，还肯定地说：小尹是位搞新闻宣传的好苗子。之后，县里只要有什么重大活动和中心工作，现场都少不了我的身影，事后当然也少不了我的新闻报道。

从第一次“面试”，到第一道“考题”，都是在部队淬炼的那把“金钢钻”，才让我的人生“峰回路转”。在转业回到地方的前十五年，我每年在《郴州日报》《湖南日报》等媒体上的发稿要超过 120 篇以上，有时一张报纸上连发三四篇，我也连续十二年被《郴州日报》评为优秀通讯员。

地方是个广阔的天地，更是我成长的摇篮。

有付出，就会有回报。在我用近八年的时间去拼搏，改变我人生命运的机遇也在领导的关怀下降临到了我身上。我由一位志愿兵转业的技术工人被破格提拔为县新闻办主任兼县文联副主席。2007 年，新的公务员政策出台后，因个人条件符合，我又成功地登记为公务员。成绩是干出来的，事业是奋斗出来的。之后三年间，我先后被提拔为县文联主席、县委宣传部分管全县新闻宣传工作的副部长等。

三

2018 年 5 月，久别《人民海军》报社已整整二十四年后，我又走进梦寐中的黄楼，没感到一丁点的森严，却觉得一切新鲜又亲切。曾经每天要奔爬无数趟的楼梯改为了电梯，曾经坐过的办公室似乎还能找到自己的影子。

这里是一座熔炉，曾锻打过我的青葱岁月；这里是一座无墙的学校，总编、处长、主任的殷殷教诲，就像根教鞭时刻在敲打着我的肌肤；这里似一池我人生历练时的“淬火水”，让我褪去人体上的杂粒，增强了成长的硬度，提升了人生的高度与维度。

走近曾经熟悉的办公楼，心跳就在一秒秒地加速，直到见了张剑总编、刘文平主任等领导，望着他们祥和的笑脸，心跳才渐渐地平静下来。二十多年了，整个办公楼里就剩下这几张熟悉且亲切的脸庞了，我能不激动吗？

物换星移激情涌，人生何处不飞歌。作为一名来自边远基层的通讯员，时隔二十多年后，是真的要来汇报吗？

海军大院，我人生的驿站，海军报社，我成才的摇篮！

图书在版编目（CIP）数据

乡履拾韵 / 尹振亮著. --北京：民主与建设出版社，2020.11

ISBN 978-7-5139-3285-1

Ⅰ.①乡… Ⅱ.①尹… Ⅲ.①随笔－作品集－中国－当代 Ⅳ.①I267.1

中国版本图书馆CIP数据核字（2020）第210880号

乡履拾韵

XIANGLü SHIYUN

著　　者　尹振亮

责任编辑　胡　萍

装帧设计　小　乔

出版发行　民主与建设出版社有限责任公司

电　　话　（010）59417747　59419778

社　　址　北京市海淀区西三环中路10号望海楼E座7层

邮　　编　100142

印　　刷　湖南雅嘉彩色印刷有限公司

版　　次　2020年12月第1版

印　　次　2020年12月第1次印刷

开　　本　787毫米×1092毫米　1/32

印　　张　8

字　　数　182千字

书　　号　ISBN 978-7-5139-3285-1

定　　价　45.00元